心灵花园

牛津大学出版社签约作家、《读者》
杂志签约作家共同抒写少年的心灵
和青春的梦想

房子不止一扇门

纪广洋 著

山东城市出版传媒集团·济南出版社

图书在版编目（CIP）数据

房子不止一扇门／纪广洋著. —济南：济南出版社，2019.3

（心灵花园丛书）

ISBN 978 - 7 - 5488 - 3594 - 3

Ⅰ.①房… Ⅱ.①纪… Ⅲ.①随笔—作品集—中国—当代 Ⅳ.①I267.1

中国版本图书馆 CIP 数据核字（2019）第 036821 号

出 版 人	崔 刚

出 版 人　崔　刚

责任编辑　张伟卿　姚晓亮

装帧设计　宋　逸

出版发行　济南出版社

地　　址　山东省济南市二环南路 1 号（250002）

编辑热线　0531 - 86131741

发行热线　0531 - 67817923　86922073　68810229

印　　刷　山东省东营市新华印刷厂

版　　次　2019 年 3 月第 1 版

印　　次　2019 年 3 月第 1 次印刷

成品尺寸　150mm×230mm　16 开

印　　张　7.25

字　　数　74 千

印　　数　1 - 5000 册

定　　价　49.00 元

（济南版图书，如有印装错误，请与出版社联系调换。联系电话:0531 - 86131736）

目　录

第一辑

可以修改的心

其实，只要把握好生命的每一分钟，也就把握了理想的人生。

把握好生命的每一分钟

著名教育家班杰明曾经接到一个青年人的求教电话，并与那个向往成功、渴望指点的青年人约好了接见的时间和地点。

待那个青年人如约而至时，班杰明的房门大敞着，眼前的景象却令青年人颇感意外：班杰明的房间里乱七八糟、狼藉一片。

没等青年人开口，班杰明就招呼道："你看我这房间，太不整洁了，请你在门外等候一分钟，我收拾一下，你再进来吧。"一边说着班杰明就轻轻地关上了房门。

不到一分钟的时间，班杰明就又打开了房门，并热情地把青年人让进客厅。这时，青年人的眼前展现出另一番景象——房间内的一切已变得清洁条理、井然有序，而且有两杯刚倒好的红酒，在淡淡的香水气息里还漾着微波。

可是，没等青年人把满腹的有关人生和事业的疑难问题向班杰明讨教，班杰明就非常客气地说道："干杯。你可以走了。"

青年人手持酒杯一下愣住了，既尴尬又非常遗憾地说："可是，我、我还没向您请教呢……"

"这些……难道还不够吗？"班杰明一边微微笑着，一边扫视着自己的房间，轻言细语地说，"你进来又有一分钟了。"

"一分钟、一分钟……"青年人若有所思地说，"我懂了，您让我看到了一分钟的时间可以做许多事情，可以改变许多事情的深刻道理。"

班杰明舒心地笑了。青年人把杯里的红酒一饮而尽，向班杰明连连道谢后，开心地走了。

其实，只要把握好生命的每一分钟，也就把握了理想的人生。

成功的确始于转念之间，而且属于每一个人。

成功始于转念之间

我在深圳结识了一位废品回收公司的刘老板，当他用自己的别克车到车站接我去他的别墅时，在路上我偶尔问起他的成功之道，连初中都没上完的他，竟然脱口说出一句耐人寻味的哲言睿语："成功始于转念之间。"

之后，刘老板不无激动和感慨地给我讲述了他自己所经历的一件改变了他心态和处境的往事：五年前，连一辆人力三轮都买不起的他，在广州火车站等场所，靠捡酒瓶、罐头瓶和易拉罐维持生计。有一天，在流花宾馆前的街道边，在一辆乳白色的流光溢彩的别克牌轿车的车门处，他发现一只已被轧瘪的易拉罐，"职业的敏感"令他毫不犹豫地走近那辆他当时还认不清牌子的小轿车。谁知，就在他正要弯腰捡起那只瘪瘪的易拉罐时，后座的车门缓慢地打开了，一位戴眼镜的中年女士动作优雅地钻出车门，声音甜甜地朝他迎面问道："请问老板，去五羊公园怎么走？"

刘老板（当时还一事无成、一贫如洗）已开始弯曲的腰身（准备捡那只易拉罐）猛地直起来（他说，那是一种对他来说颇具震撼力的条件反射或是一种自尊意识的觉醒），他很礼貌、很绅士风度地把去五羊公园的路线向那位女士讲得清清楚楚……当时，他不仅没再捡起那只易拉罐，而且鬼使神差地牢牢记住了那辆轿车的编号和颜色。接着，他感到很渴，去一家小餐厅一气喝干三杯扎啤。然后，径直回到自己的住处，蒙头痛哭了一场，又蒙头大睡了多半个下午。那天夜里，他实实在在地失眠了……三天后，他东借西凑地筹措足了组建废品回收公司的启动资金；三个月后，他还清了所有的借款；三年后，他买了这辆乳白色的别克轿车。

值得一提的是，当刘老板真的成了老板、拥有了自己的轿车后，他办的第一件事，就是到有关部门查出了那辆别克车的所在地和车主，接着驱车数千里到安徽蚌埠找到了那位因无意中的一句话而改变他人生和命运的中年女士。当他面对面地向那位女士致谢、攀谈时，他才惊讶地发现和了解到，那位女士的视力很差，而且从中学时期就高度近视了。

刘老板的创业经历，让我更加深切地感悟到：成功的确始于转念之间，而且属于每一个人——只要你渴望成功，并信心十足、持之以恒地为之努力。

每个人都是最优秀的，差别就在于如何认识自己、如何发掘和重用自己。

最优秀的就是你自己

据说，古希腊的大哲学家苏格拉底生前有一个不小的遗憾——他多年的得力助手（一个在历史上没能留下名字的男士，以下简称助手），居然在半年多的时间里没能给他寻找到一个最优秀的闭门弟子。

事情是这样的：苏格拉底在弥留之际，知道自己时日不多，就想考验和点化一下他那位平时看来很不错的助手。他把助手叫到跟前说："我的蜡所剩不多了，得找另一根接着点下去，你明白我的意思吗？"

"明白，"那位助手赶忙说，"您的思想光辉是得很好地传承下去……"

"可是，"苏格拉底慢悠悠地说，"我需要一位最优秀的承传者，他不但要有相当的智慧，还必须有充分的信心和非凡的勇气……这样的人选直到目前我还未见到，你帮我寻找和发掘一位好吗？"

"好的，好的，"助手很温顺很尊重地说，"我一定竭尽全力地去寻找，以不辜负您的栽培和信任。"

苏格拉底笑了笑，没再说什么。

那位忠诚而勤奋的助手，开始通过各种渠道不辞辛劳地四处寻找。可他领来一位又一位，总被苏格拉底一一婉言谢绝。有一次，当那位助手再次无功而返地回到苏格拉底面前时，苏格拉底抚着那位助手的肩膀说："真是辛苦你了，不过，你找来的那些人，其实还不如你……"

"我一定加倍努力，"助手言辞恳切地说，"找遍城乡各地，找遍五湖四海，我也要把最优秀的人选挖掘出来，举荐给您。"

苏格拉底笑笑，不再说话。

半年之后，苏格拉底眼看就要告别人世，而最优秀的人选还是没有眉目。助手非常惭愧，泪流满面地坐在病床边，语气沉重地说："我真对不起您，令您失望了！"

"失望的是我，对不起的却是你自己，"苏格拉底说到这里，很失意地闭上眼睛，停顿了许久，才又不无哀怨地说，"本来，最优秀的就是你自己，只是你不敢相信自己，才把自己给忽略了，给耽误了，给丢失了……其实，每个人都是最优秀的，差别就在于如何认识自己、如何发掘和重用自己……"

那位助手非常后悔，甚至后悔、自责了整个后半生。

为了不重蹈那位助手的覆辙，每个向往成功、不甘沉沦者，都应该牢记先哲的这句至理名言："最优秀的就是你自己！"

发现你自己，也许就发现了成功之路，发现了事业的追求和人生的真谛。

发现你自己

走出校门的第二年，我曾参加过一个刚刚组建的中日合资企业的短期培训和实习，在不到半个月的时间里，通过这次培训的启发和激励，我真有一种醒心洗脑、脱胎换骨的感觉。

第一节培训是参观名人（伟人）图像展。长廊一样的展厅里，摆放着世界各地、各个历史时期、各个领域取得丰功伟绩的伟人像。让人感觉新奇的是，在伟人像和伟人像之间，镶嵌着一方方与伟人像同样大小的弧度不同的凸面镜，在你景仰伟人们的过程中，总自然而然地瞥见自己被增高或加胖的影像。仔细看看，在这些凸面镜中，自己总是被拔高被美化了，尤其是那种被"扭曲"得挺胸腆腹的傲慢劲儿和自命不凡劲儿，让人忍俊不禁的同时，也不免重新审视自己一番、品味自己一阵。

接下来的实习场地和环境，也让人耳目一新、兴奋不已。不仅在车间或办公室的墙上、桌上、机器上鲜明地书写着每个受训实习者的名字，而且还为每个学员按照工种和职业起了另外一个名字，培训负责人时不时地叫你一声，让你既紧张又觉醒，老是忘不了自己。而更令人自豪和出乎意料的是，一个星期之后，在公司的内部资料和宣传册上几乎可以找到每个学员的大幅彩照和事迹简介……

实习结束后的星期日的清晨，我忽然接到总裁办的一个电话，让我马上回公司，说有一个非常重要的会议，并强调说，总裁亲自点名要我务必参加……我忽然觉着，自己在公司里挺重要的，是个人物，甚至有一种说不上来的主人翁的豪气和牛气。说也怪，在原单位一向业绩平平的我，在这里居然发挥出连自己也觉着不可思议的积极能动性和超常才干，当月就坐上了总裁办的第一把交椅，三个月后又荣升为副总裁。

当我向日方负责培训的藤木先生交流自己的心得时，他笑着对我说："其实，也没什么，你只是发现了你自己。"

发现你自己，也许就发现了成功之路，发现了事业的追求和人生的真谛。

毅然决然地咬断自己的尾巴，就没有什么牵绊和障碍能够阻挡我们的成功。

咬断自己的尾巴

我原先对老鼠的态度，像绝大多数人一样，是深恶痛绝的。我常常想，早已发明了核武器的人类怎么就消灭不了小小的老鼠呢？可是，今天下午，当我亲自设下圈套与一只在我家祸害多天的老鼠过招后，竟然改变了我对老鼠的看法。

事情是这样的：由于我家住一楼，十天前一不小心让一只半大老鼠从尚未来得及关严的门缝里钻了进来，不仅偷吃我家的饭菜，还威胁着我的书籍。于是，我在自己的家中展开了一场包括水、电和化学武器在内的灭鼠战争。我先采用了水筲陷阱，首先在一只废旧的水筲里盛上半筲水，再在水面上撒上一层麦麸子（作伪装），然后找块一米多长的木板自地面架向筲口，并在木板上撒几粒大米（作诱饵），等待老鼠扑通入筲，活活淹死。可是，一连两夜，木板上的大米一粒不剩，就是不见老鼠入筲。我又改用电的方法，在老鼠可能通过的地方扯上数根裸露的电线，布成高压电的天罗地网，想着电死那只讨厌而狡猾的老鼠。可是，一连数日，老鼠照常为非作歹。我又买来好几贴粘鼠板，仍是徒劳。万般无奈下，我不得不买来一种比较先进的灭鼠药——化学灭鼠剂（原来是不想用这种办法的，怕药死的老鼠钻到什么角落里找不到，臭了熏人），据说，只要老鼠在半径一米的范围内嗅到这种化学药品，顷刻就会毙命。谁知，按照说明放上这种化学药品之后，过了好几天，老鼠的动静一如既往。不知是这只老鼠太高明了，还是化学药品的质量有问题。

即便如此，我消灭这只老鼠的决心一点儿也没动摇。昨天，我又托人从乡下的集市上捎回一只用粗铁条拧成的鼠夹，想用这种过时的方法麻痹老鼠的"大意"。果然不出所料，这次老鼠终于上了我的当，当天下午，当我从单位回到家时，那只鼠夹已死死地夹住了它的尾巴。它正拼命地挣扎着，我心里乐滋滋地拿起一把大钳子，谁知，就在我恶狠狠地走向它时，它竟毫不犹豫地折身咬断了自己的尾巴，瞬间逃脱得无影无踪了。

我愣在那里许久没动，心底有一种说不上来的滋味——多么聪明、多么可怜，而又多么坚强、多么悲壮的老鼠啊！难怪如此强大的人类竟拿它们没有办法。

此刻，我正想着，一个人如果能像老鼠那样为了生存毅然决然地咬断自己的尾巴……那么，还会有什么样的牵绊和障碍能够阻挡我们的成功呢？

原来心情和心态也是可以修改的啊。

可以修改的心

在某外资企业供职时，我曾接受过一次别开生面的强化训练。那是在青岛的海滨度假村，我和同伴们静坐在一种飘忽又有些幽婉的轻音乐里，指导老师发给每人一张16开的白纸和一支圆珠笔。这时，主训师已在一面书写板上画了一个大大的心形图案，并在图案里面写上三个字：我无法……

然后，要求每个成员在自己画好的心形图案里至少写出三句"我无法做到的……我无法实现的……我无法完成的……"再反复大声地读给自己和周围的伙伴们听。

我很快写出三条：

我无法孝敬年迈的父母……

我无法实现梦寐以求的人生理想……

我无法兑现诸多美好的愿望……

接着就大声地读了起来，越读越无奈，越读越悲哀，越读越迷茫……在已变得有些苍凉的音乐里，我竟备感压抑和委屈地泪眼婆娑起来。

就在这时，主训师却把写字板上的"我无法"改成了"我不要"，并要求每位成员把自己原来所有的"我无法"三个字划掉，全改成"我不要"，继续读。

于是，我又反复地读下去：

我不要孝敬年迈的父母……

我不要实现梦寐以求的人生理想……

我不要兑现诸多美好的愿望……

结果，越读越别扭，越读越不对劲儿，越读越感到自责和警醒……在轰然响起的《命运交响曲》里，我终于清醒地觉悟到：我原来所谓的许多"我无法"其实是自己"不要"啊！

而此时，主训师又把"我不要"改成了"我一定要"，同样要求每位成员把各自的所有"我不要"三个字划掉，全改成"我一定要"，继续读。

我似乎已领会了主训师的用意所在，大声反复地读着：

我一定要孝敬年迈的父母！

我一定要实现梦寐以求的人生理想！

我一定要兑现诸多美好的愿望！

越读越起劲儿，越读越振奋，越读越有一种顿悟后的紧迫感……在悠然响起的激荡人心的歌曲里，我思绪漫卷、豪情满怀……走出度假村，我忽然有一种天高路远、跃跃欲试的感觉和欲望——原来心情和心态也是可以修改的啊。

世上若没有这出神入化的大坎大坷，今生今世能有如此的际遇、如此的感悟、如此的境界吗？

化坎坷为阶梯

古希腊有个著名的大哲学家苏格拉底，他经常采用通俗易懂的方法来开导需要帮助的人们，让人们在感同身受的切身体验中受到启发和激励，从而改变各自的世界观和生活态度，走向人生的正途和成功之路。

有一位叫莫特的青年男子，从少年时代就渴望成就一番事业，以不虚度短暂的人生。他也确实拼搏过、奋斗过，多次全身心地投入到辛辛苦苦的创业之中。可是，几年下来，他折腾得身心疲惫、伤痕累累，却一事无成。在几乎绝望的时候，他想起了苏格拉底。

已年迈体弱的苏格拉底，耐心地了解清楚莫特的苦衷后，让家人备上一辆三套马车，拉着一头雾水的莫特默默地上路了。一路上，马车途经平坦的大道，穿越广袤的平原，绕过连绵的丘陵，奔向一片乱石峥嵘的崇山峻岭。车到山前，苏格拉底终于说话了，他对莫特说："车到山前自有路，可这路是属于我这

样已年迈体弱、与世无争的人的，它不应该属于你。你就从这片山区徒步跋涉而过，看能否体会出一些人生真谛来。我乘车绕过这片山区，在山的那边与你会合。"说罢，苏格拉底挥鞭扬长而去。

在平原长大的莫特，第一次走进深山，胆战心惊的同时也不无赏心悦目的新鲜感。他攀上险峰，放眼望去，阡陌纵横如织，村寨星罗棋布，视野竟是如此开阔和旷远；他涉过深涧，四处寻望。溪流淙淙，鱼翔浅底，松涛阵阵，鸟语花香，世界竟是这般奇妙和深幽。后来，他的脚被顽石磨出了泡，他的手被荆棘扎出了血，可他已浑然不知，忘我地陶醉在天造地设的大坎大坷中。他不禁惊叹：高山原是令自己超然物外、扶摇青云地上升的阶梯；深涧原是让自己融汇世界、寻芳探幽地深入的阶梯。世上若没有这出神入化的大坎大坷，只是一马平川的漠漠平畴，他今生今世能有如此的际遇、如此的感悟、如此的境界吗？

当莫特终于跋山涉水、情怀豪迈地迈出重山，与苏格拉底会合后，没等苏格拉底发问，他就情不自禁地说："看来，我以往遇到的那些挫挫折折、坎坎坷坷确实太小、太微不足道了，所以我才没大出息、没大成就，对人生的体验也就太平、太俗、太没有见识，就像我原来面对家乡的平原，区区壕沟竟被看作难以跨越的深渊……"

苏格拉底舒心地笑了，他用手中的长鞭挥向莫特身后的山峦，说："这片亘古沉寂的远山，早就该有人开发了，只是迟迟无人能驾驭这等坎坷啊！"

后来，经过无数的曲折和磨难，莫特终于成为那片山峦的主人——一处著名风景区和旅游胜地的经营管理者。他不仅成为利用山水不动产坐收渔利的大富豪，也是把自然山水景区化、把旅游资源产业化的开拓者和创始人，更是苏格拉底开导人们化坎坷为阶梯的成功范例。

脱离了社会生活的源泉，人生也会陷入险滩。

脱离激流的鱼

小时候的某个夏天，一场暴雨过后，我到村边的洣水河边玩耍，看那湍急的河流和被河流夹裹着的时而随波逐流、时而逆流而上、时而浮出水面、时而沉入水底的惊恐慌张而又无奈的鱼儿们。有时我还为它们着急——在这奔流不息的波浮浪卷中，何处安身，何以为家呢？

尤其是看到那些通体透明、长不盈分的小鱼秧们，在河边，在激流的边缘，瞪着大大的眼睛，摇摆着小小的尾巴，一副可怜巴巴的样子。我就隐隐有一种说不出的同情和牵挂，甚至为它们揪心。

现在想来真是童心无忌，我为"帮助"它们脱离"险境"，竟在河水边一连挖了四五个"大大"的小水坑，并在小水坑和河流之间捅开条条使之相连的小水沟，以便让那些可爱而可怜的小鱼秧们游进我为它们营造的"宁静港湾"。有些"不识抬举"抑或反应迟钝的小家伙们，也被热心的我用绑在长竹竿上

17

的小网兜"请"进了我的得意之作——那些直径不到半米、水深不足半尺的"安乐窝"。

我辛辛苦苦地展开了一场"营救大行动",自认为做了一件大好事。可是没过几天,我就发现自己错了,而且错得那么可怕——那几百条受我误导和"援助"的小鱼秧们,因为河水回落、烈日曝晒,已干死在那几个源断水枯的泥坑里。我后悔得要命,直到如今,一想起那些死不瞑目的小鱼们,仍感慨不已。

这不免让我联想到社会和人生。现实社会不就是一条奔流不息、浩浩荡荡的大河吗?有时风平浪静,有时大浪滔天。置身在激流和旋涡之中的人们,常常要面对生活生存的困顿和艰难,要面对呛水溺水的痛苦和危险。可是,也正是这条"大河"养育、锻炼了每一个人,给每一个人赖以生存的依托和温暖。无论是顺境还是逆境,只有在她的怀抱里,人们才有可能满怀希望走向明天;而一旦脱离了社会生活的源泉,人生也会陷入可怕的险滩……

第二辑

一切都是有限的

发自内心的敬业精神，是取得成功的秘密所在。

灌篮高手的秘密

当乔丹还在公牛队打球的时候，一场精彩的赛事之后，有一位记者随机采访了这位举世公认的灌篮高手。记者问道："你与你的球队，常以骄人的战绩赢得世人的赞许和掌声。能谈一下你们获胜的秘密吗？"

"持之以恒，精益求精。"乔丹随口答道。

"那么，究竟是如何做的呢？"记者紧追不舍。

"就我个人而言，"乔丹一本正经地说，"我除了每天坚持和队员们一起进行例行的常规训练外，还要有针对性地进行自我强化训练——例如眼力和心力。"

"那么，你是如何训练自己的心力的呢？"记者刨根问底。

"例如，"乔丹稍加思索，仰起脸来注视着球篮说，"我每天睡前和醒后都要闭上眼睛在潜意识里一遍一遍地投篮，这种用意念模拟的投篮，每天不会低于两千次。"

记者先是一愣，接着张大了嘴巴。

看来，大凡出类拔萃者，除了他们应有的基本素质外，那种异乎寻常地对自己所从事职业的痴迷，以及异乎寻常的刻苦训练和发自内心的敬业精神，才是他们取得成功的秘密所在。

最终的成败得失，取决于对梦想的适时播种。

播种梦想

在我的家乡，有一个千把口人的小村庄，在短短的二十几年的时间里，出了 60 多个大中专学生，出了将军、市长和科学家。截至目前，已有 100 多人以各式各样的优异成绩，以各式各样的出类拔萃，走出这个小村，散布到各行各业，散布到全国各地以及美国、德国、俄罗斯、澳大利亚等地。

改革开放以后，这个小村人才辈出的同时，村容村貌也发生了根本的变化，统一规划的两层小楼雨后春笋般相继林立在曾经贫瘠的土地上。当邻村的人们非常羡慕地望着这个奇迹般巨变着的小村时，本村的人们却非常崇敬地望着村中两间低矮的小土屋——那是规划街道时着意留下的唯一的旧房屋，因为这两间旧房屋里曾经居住过一位非常神秘的老者，他在"文化大革命"的十年动乱中来到小村，一住就是七八年的时间。当时的大队革委会（即现在的村委会）接到的介绍信上，老者的名字是"郭乃时"，身份是一个"应予保护"的老右派、一个退休的"老教授"。后来，村里的领导看他的身体状况还不错，就安排他在村里的小学当语文教师，他欣然同意。跟他一起来的整天陪伴他、伺候他的"儿子"，后来也安排在小学里，教数学。人们就称他俩为大郭老师、小郭老师。

小郭老师很少言语，大郭老师则非常健谈，不仅把课讲得忘了放学和吃饭，还常常主动接触一些年轻人，给他们讲天文地理，讲人生理想。而他老人家最拿手的是圆梦和相面，他不仅给别人圆梦，还常常圆自己的梦，说别人的事儿。

有一天早晨，他对另一位青年教师说："我昨晚做了个梦，梦见你参军了，而且成了一名肩星闪烁的将军。"青年教师就问他："你怎么做了这么个梦呢？"他说："也许是我白天想过这些事儿的缘故，我看你气宇轩昂、性格刚毅、办事果断，不适合做一辈子的教师，而应该是名响当当的军人……"在老者的鼓动下，第二年，那位青年教师就应征入伍。二十多年的时光里，那位青年教师，寻味着老者的将军梦，从冰雪的哨卡，从青藏高原，从老山的猫耳洞里，一路征程，阔步走来，真的成了一名将军，现供职于国防大学。

有一年秋天，老者当面夸奖邻家刚中学毕业的女孩，说她不仅长得漂亮，还有一脸的福相。并说，他从收音机里获悉，那年的冬天要开挖一条大河，到时候，工地上一定需要播音员。他当场把收音机借给那女孩，鼓励她好好练习普通话……后来，那个女孩真的从工地播音员到乡播音员再到县委宣传部，十几年后竟成了一位政绩不菲的女市长。

在村里的一个建筑工地上，老者对一个小伙子说："我一看你的手，就知道你是心灵手巧的那种人，而且是吃官家饭的人，这个小村是留不住你的。好好钻研业务技术，多读读有关的书籍，将来准能派上大用场。"而今，那个搞建筑的小伙子已是一名桥梁专家，曾到坦桑尼亚等国指导那里的援建项目。

就这样，在他的点化挖掘下，在"文革"末期和改革开放初期的几年时间里，就有十多人通过参军或其他渠道走出了小村，在更广阔的天地里开始一种崭新的人生征程，为社会、为国家成就着栋梁之材。

等我渐渐长大，有机会和他接触时，已是1980年了（就在那一年的秋天，他被由军警护送的专车接走），那时我正上初一。记得是他找的我，说是想看看新版的教材。于是，我俩聊起来。我对他说，村里的人们都快把他当神看了，对他的身份开始有各种各样的猜测；并好奇地问他，在十年浩劫的岁月里，你是怎么保留梦想、看到希望，并将它们寄托、播种在年轻一代的身上的？

那时，在他的点化和前面几个成功者的影响下，小村里的军官、干部、大学生已明显地多于其他的村庄了。

他语重心长地说："你看小麦，总是在萧条冷落的秋后开始播种，经过严寒的冬季才等到春暖和收获季节的……"

其实，每个人、每个心灵都是一片沃土，最终的成败得失，取决于对梦想的适时播种。

人生的精彩，在于巧妙的剪裁。

父亲的剪刀

　　在我孩提时代，父亲是生产队果园的园丁。他管理的果园连年获得大丰收，而且果大个匀、汁满肉厚、酸甜可口。每到春夏季节，总有不少外乡人来我村的果园里参观学习，向我父亲讨教一些管理果树的技巧和门径。村民们夸我父亲懂技术，我也觉着他挺能的。

　　但是有一点，在当时的好长一段时间内我一直搞不明白，更是迷惑不解——每逢春夏秋三个季节，父亲总是握着一把前边像鹰嘴、后面带弹簧的大剪刀，在果树间走来走去，并不停地随手剪断一些嫩绿细长的枝条，有的上面还缀着含苞待放的花蕾。在父亲走过的地方，地上总是落满看上去非常顺溜的枝条。眼看着父亲大剪一挥，毫不留情面的动作，我常产生一种触目惊心的感觉。有一次，我禁不住问父亲："倘若这些枝条不被剪掉，不是可以结更多的果子吗？"

　　"你不懂，孩子，"父亲笑着对我说，"要想让果树更好更多

25

地结果，就必须把它的旁枝侧蔓及时地剪掉，以便让果树有限的营养去供给那些经选择而留下的枝条。只有这样，果树才能丰收。这些原理，待你长大后自然会理解的。"

后来，每当我在丰富多彩的社会，在繁杂紊乱的现实生活中面对理想和事业的抉择时，就想起父亲的那把剪刀。

理想的种子，在世间的沃土、时代的熏风里，可以傲然绽放生命的奇迹。

窗台上的小树

在图书馆一楼男厕所的窗外，从一年初夏的某一天，我偶然发现两株绿莹莹的小植物从金属的窗框和混凝土的夹缝里顽强地抽出了嫩绿的叶片。刚开始看不出是什么植物，只看着窗缝中绿生生的，我就好奇地想：这窗缝中没土没水的，它们是如何长出来的呢？再说该厕所的窗外，在图书馆大楼的东北角，一年四季见不到阳光，雨水更难淋得到，植物生长的要素基本上不占一样，它们即使发出芽来也是一种偶然的暂时的现象，肯定活不长。

谁知，过了一段时日，当我再次走进那间厕所时，窗外的景象一下吸引了我的目光，打动了我的心——那两株原先只有一两厘米长的小植物竟然已散开叶片、长出枝干来。透过窗玻璃，已能分辨出那两株一两分米高的植物是一棵柳树和一棵桐树。凝视着它们纤细的枝干和嫩绿的叶片，我忽然产生一种想亲近它们、探望它们的冲动。于是，我走出图书馆的大楼，绕到那个很少有人去的窗外。可是，那个窗台在楼的外部比里面高出许多（约有两米半高），我抬头仰视了一阵，不甘心，就从传达室附近找来一张破旧的桌子，然后站到桌子上，想看个究竟。真是不看不知道，一看吓一跳——两棵小树植根的金属窗框和混凝土的夹缝里，除了一些浮尘之外，什么也没有，用嘴一吹，灰尘飘散，树根裸露。但是，树根的末梢却深深地钻进裂缝深处目不可及的地方。

就在我感慨万端地正想离开那个窗台时，一名保安人员满脸疑惑地走过来。当问清缘由后，他也站上那张桌子，对两棵奇迹般生长的小树惊叹不已。

而更让人出乎意料的是，经过一个漫长而干燥的冬季，当我迎着今春的微风再次走进那间厕所时，我忽然发现自去年秋后就凋零、干枯的两棵小树的枝干底部，又殷殷地生发出嫩嫩的小芽来……

树木的种子，飘零流落到此等困厄的环境里，还能倔强地生根发芽，苦苦成长，奇迹般地延续生机，营造一片属于它们也属于世界的郁绿。理想的种子，在世间的沃土、时代的熏风里，哪怕像柳絮一样轻盈，像桐籽一样单薄，不也应该生根发芽、抽穗扬花、傲然绽放生命的奇迹吗？

一旦养成某种习惯，便自然而然地萌生与之匹配的行为、想法和做法。

习　惯

常言说：性格即人生。其实，习惯也同等重要，同样决定着一个人的成与败、得与失。大凡古今中外的成功人士，无不在涉世之初、奋斗伊始就养成了一种有利于成功，甚至是注定成功的良好习惯。他们通常的习惯是勤于学习、勤于思考、勤于动手、勤于动腿、勤于工作、勤于实践等。

牛顿看到苹果落地竟然想到万有引力；高尔基在长期的异常艰苦的生存环境中，仍手不释卷，坚持练笔；原一平尽管身体矮小，形象丑陋，却昂首闹市，笑对人生；张海迪在下肢瘫痪的厄运面前，学了外语学医学，学了医学学文学，终于成为身残志坚的典范……这种在理想和意志的光辉照耀下形成的独特而有序的生存和思维状态，其实就是一种自然而然、欲罢不能地对既定目标孜孜以求的习惯。在现实生活中，每人都有各自不同的习惯。习惯不同，生活方式、思维方式、人生内容和最终结果就会不同。

陈佩斯和朱时茂曾在春节联欢晚会上演过一段小品：一个被警察捉住的小偷，在与警察的交谈过程中，还伸手偷了警察的钱包。这尽管是滑稽可笑的小品，却也道出了一种普遍存在的人性真谛——那就是，堕落也是一种习惯。

看看我们身边的人（包括自己），就不难发现，造成堕落的习惯比比皆是、无所不在，且有愈演愈烈之势。贪吃、贪玩、荒废学业和事业是一种习惯，烟瘾、酒瘾也是一种习惯；那种藐视道德伦理、践踏社会公德的坑蒙拐骗、偷鸡摸狗、男盗女娼以及贪赃枉法的勾当，更是一种习惯。

常说习惯成自然，这话一点不假，一旦养成某种习惯，便自然而然地萌生与之匹配的行为、想法和做法，且一发而不可收。

一切都是有限的，包括时光和宇宙。

一切都是有限的

有三个小故事，让我想起这个标题。

一是有关莎士比亚的。一代享誉世界的戏剧大师，在功成名就的晚年回到他的故乡——埃文河畔的那个名叫斯特拉福的小镇之后，家乡的人们竟无一人知道他的"底细"，有的还以为他是在外面混不下去了，才灰溜溜地回到故乡的，甚至受到远亲近邻们的猜疑奚落。就这样，他"默默无闻"地在家乡度过了最后几年的清静时光，直到去世，竟也没有受到乡邻们的重视，甚至没有人为他送葬，为他致悼词……

二是有关拿破仑的。在一代枭雄称霸欧洲、势力膨胀的顶峰时期，有一次他去巴黎的一条大街上出席一项庆典活动。当勤务人员提前为他的到来鸣锣开道时，有一位在路边乞讨的老人就是不肯离去。勤务人员就告诉那位老人，拿破仑要从这里路过。谁知，那位老人听后，竟无动于衷、茫然无知地说："拿破仑是干什么的？他也需要乞讨吗？"

三是有关流行歌手伍思凯的。有一次他在北京的小巷里遇到一位小男孩，就走过去甜甜地问："小朋友，你知道伍思凯吗?"小男孩天真地摇摇头。伍思凯不甘心，就美美地唱起那句流行一时的"特别的爱给特别的你……"然后又蹲下身问小男孩："小朋友，你难道没听过这支歌吗?"谁知，小男孩还是天真地摇摇头，甚至没瞧一眼热情的歌手，就跑开去玩了。

　　其实，一切都是有限的，包括时光和宇宙。

不能忘记困难面前转身流落的可怕境地。

顺水与逆流

　　初中二年级的时候，暑假之前，一场大雨过后，我和几个同学在午间休息时到校园北面的洙水河去游泳。当时，河里的水流很急，但并不算太浑。我们看远近无人，便都脱光了衣服，一一跳到激流中。一开始，我们几个人都在努力着逆水而游，可是，怎么也游不动，累得筋疲力尽仍在原处"徘徊"。

　　这时就有一个同学提议顺水而下，于是一呼百应，我们转身顺着流水游去。我们的游速一下快起来，说笑嬉闹不知不觉间，我们就游出几百米。就在我们打算回去的时候，尴尬的局面出现了——两个荷锄的大婶忽然走上河岸，来到离我们不远的河滩，不紧不慢地锄起豆地来。这下我们傻眼了——全是光腚猴，怎么回去呢？

　　任凭我们怎样努力，要想逆流而回根本不可能。万般无奈之下，我们只得靠到河边，在激流齐胸的浅水滩一步半步地异常艰难地往回走。本是来游泳的，这下却成了举步维艰的逆水

"行军"。更令人着急的是，上课的铃声估计快要敲响了，同学们无不唉声叹气，叫苦连天，后悔莫及。

最后，多亏一个大婶及时地看出了我们的窘境，大声对我们说："孩子们，河边是不能走的，淤泥里什么都有，搞不好会扎伤脚的……我俩都这么大岁数了，养的孩子比你们都大，还在意你们这帮毛蛋孩子吗？快都上来，从岸上跑回去穿衣服吧！"

于是，我们嘻嘻哈哈地爬上岸来，一个个光溜溜的，飞也似的跑向衣服所在的地方，身后传来两位大婶朗朗的笑声……

后来，每当我在人生之路上遇到逆境和挫折时，就自然而然地想到那次尴尬的经历，从而一次次避免了困难面前转身流落的可怕境地。

古书的两种命运，注解着当事者的心灵世界和人生走向。

一本古书两种命运

广阔和秀竹既是邻居又是童年的伙伴，他们二人上中学时正赶上"破四旧"，一大堆各种版本的线装书在街心被点燃，四周挤满了围观的人。广阔和秀竹因正在上学，对书籍还是有一定感情的，于是，二人一合计，准备从火堆中"偷"出几本完整的书来。

可是，就在挤进人群的广阔刚刚把一本厚厚的线装书从人群的腿缝中递给在圈外接应的秀竹时，村里的红卫兵头头就用铁锹把那些尚未燃烧的书籍一一丢进了熊熊燃烧的火堆。

二人"偷"出的唯一的线装书是一部《诗经》（后来证实该书是明朝末年的版本），书页完整，字体清晰。可是，二人却为了该书的归属犯了愁。秀竹说从中间撕开一人一半吧。广阔就说："那不把书毁了？我看这样吧，你先让我把书带回家，我赶紧抄一遍，然后就还给你，这书就是你的了。"这样的分配方法，秀竹自然没意见，高兴得不得了。

于是，广阔就把那本《诗经》捧回家里，一首一首地认真细致地抄起来。抄着抄着，他就爱上迷上了那些古诗，一边抄写一边开始背诵那些古典诗歌。一个月之后，广阔就把线装书还给了秀竹；一年之后，广阔就把整个《诗经》背诵下来。9年之后，也就是1977年的初秋季节，酷爱读书、舞文弄墨的广阔，在恢复高考的第一年，就顺利地考入曲阜师范学院。后来，他成了一名人民教师。再后来，他成了教育局长、文化局长，出版了自己的诗集和文集，成为一代承载文化和传播文化的文化官员和知名人士。

　　而真正拥有那本典籍的秀竹，至今连一首古诗也不会背，依然劳作在贫瘠的土地上。一年暑假里，我与广阔（他是我的堂哥）一起回到久别的村庄，一起找到正在放羊的秀竹。当我们说起那本明版《诗经》，并打算高价收购时，秀竹说："你俩要那干什么？早让孩子们撕了擦屁股了。"

　　广阔的眼里噙着泪水，凝望着脊背黝黑的秀竹，也凝望着故乡的田野和村庄。他引用艾青的一句诗说："为什么我的眼里常含泪水？因为我对这土地爱得深沉。"

　　是啊，一本古书两种命运，既注解着当事者的心灵世界和人生走向，也揭示着社会深处、岁月深处的文化现状和忧患。

未来萌芽于
脚步之间

第三辑

老师的眼底闪烁出一种震撼我灵魂的光芒。

反复修改的检讨书

说来别人也许不信，是一篇检讨书改变了我的一生。

在我上初中二年级的时候，还是一个全校有名的"捣蛋包"，因成绩特别差和影响班级纪律，经常受到老师的"点名"和"垂顾"。光是老师在上课的时候从我手里收去的乱七八糟的"课外书"，就大大地充实了学校的图书室；光是老师在初二下学期截获的我为别的男生代写的"情书"，就有多半抽屉。可是，老师布置的作文我却一篇也没写过。就在我破罐子破摔、对学业心灰意冷之际，刚调来不久教我们语文的班主任谭老师把我叫到他的办公室里，先是掏出那些"情书"，"夸奖"了一番我的"杰作"，继而严厉地要求我写一篇检讨，看我没吭声，便大声呵斥道："既然能写那么多'非常好'的情书，就一定能把检讨书写好，这次就看你的啦！"

我尽管调皮捣蛋不听话，可对谭老师还是特别尊敬的，再加上惹他发了这么大的脾气，对这次检讨书的问题，便上起心来。我熬了半灯油，写成一篇充满真情实感、言之有"物"的长长的检讨书，在第二天上课之前就主动交给了谭老师。课间休息时，谭老师又把我叫到他的办公室里，先是肯定了我完成"任务"的态度，接着又说："写得比较实在、比较好，不过有些句子不太通顺……内容也可以再充实一些，修改后再给我。"

我听得出谭老师的语气里分明有一种嘉许的成分，心里也自信了许多。于是，在下一节的自习课上，我又非常认真地修改了几遍，放学之前再次主动交给了谭老师。当谭老师接过我用作文本认认真真重新抄写过的检讨书时，他重重地拍了一下我的肩膀——他的嘴抿得紧紧的，微微地点了点头，他的眼底闪烁出一种震撼我灵魂的光芒。我的双眼立时热辣辣的……

之后，在谭老师的鼓励和指导下，我的这篇几易其稿的作文形式的检讨书，或说检讨书形式的作文，成了我写作生涯的处女作——先是我在校会上读，后是谭老师在班级上读，再后来又以范文的形式上了学校的黑板报，编入铅印的作文选。

自此，我不但喜欢上了作文，其他课也很快跟了上来。初中毕业时，我以全班第一名的总成绩考入重点中学。同年，我的一篇作文经老师推荐参加了首届华东六省市的中学生作文比赛，并获了奖。

回首往事，我非常感激谭老师，感激他特意给我"布置"的那篇反复修改的检讨书。

这次胜利，对我的影响是非同小可的。

把暴雨甩在身后

刚参加工作的那个夏天，在一个星期六的下午，我骑自行车从济宁沿 105 国道一路向南回 15 公里之外的乡下的家。就在我刚刚骑上洙水河的大桥，望到大约还有两公里的坐落于国道西侧的村庄时，一阵飓风，一声霹雳，我仰脸回头一看，一块黑漆漆的乌云正翻卷着由北向南奔马一样压来。我正抱怨天气预报，后悔没带雨具，噼噼啪啪的雨滴已在我身后的柏油路面上溅出一朵朵山菊花一样大小的水渍来。看着远处大雨齐刷刷地拖出的烟尘，似乎有一把巨壶正自北向南快速地浇来。

我望着不远处的村庄，心想，这就快到家了，绝对不能让雨浇了。于是，我趁着桥头的下坡，将自行车蹬得飞起来一般。我急，雨也急，稍微慢点儿，背上就砸上凉丝丝的雨滴。此时此刻的我，潜意识里已不仅是在逃避一场雨淋，而是在进行一场争夺输赢的天人大赛。我当时唯一担心的就是自行车的质量，怕它无法胜任我玩命的猛蹬。

结果，当我把自行车一直骑进屋门时，暴雨只星星点点地淋在了我的臀部和背部。大雨如注似瀑的轰鸣声里，父母笑着，我也笑着。这次胜利，对我的影响是非同小可的，让我感悟出天、地、人的并存关系和竞争可能，感悟出信心、毅力和速度的奋进人生、激情人生。

人的潜能在特定的时刻和境况下才能发挥出来。

晚上的山坡

那是刚升入高一不久的一个星期六的深夜，校教导主任把我从梦中叫醒，说是忘了通知一个家住县城的教师明天到县教育局开会，而这个教师对这次会议又非常重要，因他家里没有电话，只能派人前往通知了。于是问我在黎明之前敢不敢去，交通工具只有一辆破自行车，路途却是一段二十多公里的山地。我二话没说，洗了把脸，问清了路线和住所，推上自行车就走。教导主任又追上我，递给我一截指头粗的钢筋，说是尽管如今豺狼虎豹不多了，坏人还是有的，以防万一。

从嘉祥县第三中学到嘉祥县城，只有一条我当时还未走过的山间公路。那天是月黑加阴天，连个星星都看不见。我骑出校园之后，便一下沉浸在无边的黑暗里。先凭感觉摸索着前行，后来就渐渐地看清了路边的树木。我骑车的速度也越来越快，几首电影、电视剧的插曲还没唱完，校园就被我抛得无影无踪了。就在我张望着是不是快到县城时，自行车的速度猛然加快

了，我忽然意识到山坡、山谷、山沟……甚至想到了悬崖峭壁、万丈深渊。我下意识地抓紧了前后闸，一种骤然的刹车声，在黑夜的山间异常刺耳，我感到背上凉飕飕的。在我停下车子，观察清楚前面是一段并没有什么危险的下坡路时，我就想：没感觉到有上坡路，哪来的下坡路呢？

当我把通知送到时，天色也渐渐地亮了。回来的路上，当我连骑再推地终于登上那个山坡（去时的那段下坡路）时，才不无惊奇地发现——其实，两边的山坡是差不多高的，在视线模糊、参照物不明确的黑夜里，我竟然不知不觉间就骑着车子登上了来时的那个足有45°角的高高长长的山坡！

后来，每当我在学习中、在现实生活和人生之路上遭遇所谓的艰难险阻、感到力不从心时，就会自然而然地想到那个晚上的山坡，想到有些困顿和障碍并不是来自事情的本身，而是来自消极的心理感应，来自自身的怯懦和缺乏毅力的放弃。只要能像那天晚上一样，满怀豪情一路高歌地勇往直前，险阻也会浑不觉，坎坷也会变坦途。

多少实践证明，人的潜能（包括体力的和心智的）是巨大的，但只有在特定的时刻、特定的情况下才能发挥出来。就像国外流传的那则故事：一个中学生，误把一道相传百年的数学难题当作课外作业一夜给解决一样。

一旦拥有这些条件和过程，升华便是必然，成功便是必然。

陶　吧

周末，应朋友之约，到陶吧"工作"了整个下午。忙活了几个小时，烧出的产品不怎么样，心情却特别好。在着意装修、布置、营造得"原始"而"古朴"的陶吧里，通过亲手和泥、捏胎、造型、刮坯、上釉、焙烧等一系列工序，我似乎真的置身于历史深处。一种原初的返璞归真的劳动欲望，一种身临其境、出神入化的艺术享受，一种创造欲、成功欲，在这里得到淋漓尽致的发挥和体验。更重要的是，我从严格而烦琐的烧陶工艺里，领略到不少人生感悟。

你看那些本来很松散的陶土，加水搅拌之后，变得黏稠而有塑性；还必须放在特制的转动工具上，借着工具的快速旋转，才能定型、塑造出设想的形状（不然，黏糊糊的泥巴在双手上将变得一塌糊涂）；造型出来还得晾干（干的程度也是很有讲究的），然后再精心地刮坯、描图、上料（釉）；之后才能入"窑"烧制，而且火候要求得特别严格，温度低了烧不出成色，温度高了又有可能烧变形……从陶土到陶器的过程，其实是一个机遇的过程（不是所有的陶土都有机会化作陶器），是一个必须修炼的过程，是一个超脱和蜕变的过程。事物（包括人）本身一旦拥有这些条件和过程，升华便是必然，成功便是必然。

在现代都市高楼大厦的森林里，小蘑菇一样的陶吧，向我们诉说着什么，表达着什么？

细心的母亲，是天才的摇篮。

天才的摇篮

1881 年 10 月 25 日，在西班牙南部的马拉加，一个非常羸弱、发育不良的男婴呱呱坠地。据说，他在快两岁的时候还不会走路，长期坐在婴儿车或床上，语言表达能力也相对（根据他的年龄）较差，身体状况特别糟糕。他的父母为哄他玩耍、冲淡他因不会走路而引起的自卑感，常把一些花花绿绿的书刊或其他的印刷品丢给他，让他在观摩鼓捣的同时忘掉童心里不应有的烦恼。

可是，这个小家伙对那些东西并不感兴趣，常常刚接过去就将那些纸张揉皱、撕碎，不屑一顾地丢在一边。他的母亲虽然没有多少文化，更谈不上有什么艺术嗜好，却是一个特别细心的人，她为了改变儿子的"不良行为"，就当着小家伙的面将那些纸张细细地重新抚平、对接、粘贴好，并非常珍惜地放置在桌面上或抽屉里。这样一来，小家伙渐渐地不再毁坏那些纸张，就是不看不玩，也摆好叠好再递给大人。

后来，为让儿子对这些纸张产生兴趣（当时他家的生活并不宽裕，甚至买不起其他的玩具），细心的母亲，开始当着他的面"认认真真"、反反复复地阅读观赏那些文字和图画，有时还拿出一支铅笔，"饶有兴致"地在那些文字、图画的空白处写写画画。果然不出她的所料，他的小儿子不仅学着她的样子开始"读书看报"了，还不时从她手里夺过铅笔，胡乱画上一通。

　　细心的母亲看在眼里，乐在心里，她面对儿子的"笔迹""画作"，常常伸出大拇指及时地给予夸奖和赞美。再后来，她还特意将儿子的"杰作"（连她自己也看不出写的什么、画的什么）非常重视地张贴在室内的墙上，有空就站在那里"欣赏"一番。

　　可想而知，母亲的做法让小儿子产生了一种怎样的心理感应——他不但喜欢起那些本来是废纸的纸张来，还兴趣盎然地握着铅笔没完没了地写着、画着、临摹着、创作着……待他刚上小学时，就成了颇有名气的小画家、小神童，后来终于成为享誉世界的天才画家，他的名字叫毕加索。

不行动的人永远没有未来。

未来萌芽于脚步之间

未来是一个美好而充满魅力的字眼，不知有多少人，一生一世地向往着未来、期待着未来，却不曾拥有未来。因为好多人不知不觉间，聊以自慰中，早已把自己的一切都寄托在所谓的未来，在现实生活中庸碌无为地虚度着珍贵而有限的光阴，将自己的青春和才华付之东流，将自己的前程消磨在梦想和期待的缕缕云烟中。

其实，未来并不是虚无缥缈的空中楼阁，更不是夙愿预期的沿途驿站，它萌芽于追寻者勇往直前、百折不挠的脚步之间，生成于拼搏者坚持不懈、全力以赴的血汗里。不行动的人永远没有未来，没有未来的人永远不行动。

对于脚踏实地的追求者来说，每个日夜都是新的征程，每个黎明都是新的希望，每一个奋进的目标都是未来。

有一首歌这样唱道："我的未来不是梦，我认真地过每一分钟；我的未来不是梦，我的心跟着希望在动，跟着希望在动……"当人们满怀希望的时候，未来就会像朝霞一样从明天的地平线上升起；当人们整装待发、踏上征程的时候，未来已在旅途上迎接；当人们经历千辛万苦，克服千难万险，终于功业垂成、实现人生理想的时候，未来已经姗姗来临。

哪怕是明显的倒霉事儿，只要乐观积极地去面对，结果也许是出乎意料的。

焕然一新的茶几

我家刚花几百元买的一个长方形玻璃茶几，一不留神，被火锅烫得炸裂了一头，而且有几片玻璃碎裂后竟直接落在了地上。面对这突如其来的损失，我和爱人都心疼得不得了，她抱怨我忘了在火锅下面放盛水的盘子，我埋怨她买的火锅不合格。

就在这时，小儿子从书包里掏出一把格尺，他先量了量另一端支点外的尺寸，又量了量裂痕终端离支点的长度，然后开心地笑了，指手画脚地对我们二人说："别相互抱怨了，到玻璃店把碎裂的部分划掉，再让人家给打磨打磨边角，说不定比原先更好看，也少占地方了。"

听到这里，我恍然大悟，爱人的脸上也绽开了笑容。根据儿子的提示，第二天，我家就重新摆上了焕然一新、尺寸独特的茶几。后来有亲朋来访时，还夸我家的茶几与众不同、特别好看呢。

看来，有些事情，哪怕是明显的倒霉事儿，只要乐观积极地去面对、去处理，最终结果也许是令人满意、让人出乎意料的。

心态决定一生的前途和命运。

心态和命运

　　四十多年前的一个深冬，一位从京城"下放"的老教授，携家眷来到我村安家落户，接受贫下中农再教育，或者说劳动改造。老教授一家四口（夫妻俩及他们的小女儿和长孙）就住在我家的后院里，而且一住就是十多年。在那特殊的年代、别样的岁月里，我的家人对老教授的态度是不一样的，尤其是我的两个叔叔。

　　二叔当时是村里的民兵连长，"思想觉悟"非常高，爱憎分明，能随时划清敌我界线，对老教授一家视若仇敌，自动"肩负"起监视和"教育"的"义务"，常常对老教授横眉冷对、恶言恶语。有一次我奶奶看不下去了，就对二叔说："人家是大地方来的，知书达理的，你何必这样对待人家呀……要落报应的。"二叔就颐指气使地大声嚷嚷："什么大地方来的，不就是臭老九、走资派吗？……我连野兽都不怕，还怕教授吗？"

　　三叔则恰恰相反，当时还在上中学的他，对老教授一家视

51

若亲人，对知识渊博的老教授更是毕恭毕敬、非常崇拜，在攀谈求教的同时，还经常帮老教授一家挑水磨面拣活干。老教授特别喜欢我三叔，常和他有说有笑，甚至彻夜畅谈。后来，还送给我三叔许多书籍。

1977年恢复高考时，已辍学三四年的三叔，在老教授的鼓动和指导下，以全县第一名的优异成绩考入清华大学。同时考上清华的还有老教授的小女儿——后来成了我的三婶。

次年，老教授夫妇和他们的孙子被专车接回到北京。如今，我三叔、三婶也早已是学富五车的博士生导师了，成为国家的栋梁、时代的骄子。

而我的二叔就不同了，他至今扎根在农村的广阔天地里，可迟迟毫无作为。新时期的改革大潮、党的富民政策也没能改变他的处境。他在家乡富饶的沃土上依然困守着贫瘠的生活和苍白的人生。

一个人的世界观和处世态度，也就是我们常说的心态，基本上决定了他一生的前途和命运。

小小的纸片在我手上掂量出沉甸甸的分量。

放好每一张名片

有一次，我爱人到武汉出差，刚下火车包就丢了。正值傍晚，她身上的钱连一顿晚餐和一晚的住宿费都不够，她在电话中急出了哭腔。我在万分着急之际，想到了我在两年前结识的一个家住汉阳的朋友。我马上翻出了我的名片盒，在几百张纸片中很快找出了那个朋友的名片。

尽管，两年来彼此不曾交往过，甚至连个电话也没打过，可当我在电话中把情况一说，那位朋友一时激动得不得了，他连声说："你还记得我，你还记得我啊？真是老朋友了！我马上和爱人一起去接你的爱人……你只管把你爱人的名字告诉我，我好写个接站牌……好，好，谢谢！"听话音，好像不是我在求他，倒像是他在求我似的。

听爱人回来说，她的这次武汉之行，就像走了趟好亲戚。我的那位结识之后仅靠一张名片维系着的朋友以及他的家人，就像接待亲人一样接待了我的爱人。不但绝好地解决了我爱人在武汉逗留期间的吃喝住行，还想方设法帮我爱人非常顺利地办妥了此行的业务。其中，为交一项业务的定金，我爱人从他家暂借的 5000 元现金，连个借据都没让打。当我爱人正准备去给那个朋友汇款时，又收到了他寄来的一封厚厚的信件——他全家人陪我爱人在武汉游玩时拍下的几十张照片。

也许这就是人们常说的人情和礼往，这就是人们心原上亘古青翠的一种叫作友善的绿荫。更重要的是，当我重新审视着手中的张张名片，小小的纸片在我手上掂量出沉甸甸的分量，透过它们我似乎又看到那一张张哪怕已有些生疏但依然亲切无比的新老朋友们的笑脸。

与其说是机遇不如说是心智和眼光，改变了他们的一生。

成功并非遥不可及

"肯德基"早已是享有盛名的国际连锁店，这一王牌食品企业的创始人——肯德基先生初期创业的故事发人深省。

肯德基夫妇先前也和现实生活中的大多数人一样，是一对做过多种尝试、苦于谋生的小生意人。后来，一次与其说是机遇不如说是心智和眼光的生意机会，改变了他们的现状，从而改变了他们的一生。事情是这样的：在肯德基夫妇居住的地方，新开了一条公路，公路两旁很快开设了多家汽车维修部、加油站、零件铺和洗车点。看到这种局面，还有不少人在打各种南来北往车辆的主意，有人还建起了大饭店和高级酒楼。肯德基夫妇根据当时的具体情况，仔细观察研究之后，决定开一间特色快餐店，以便让那些修车、洗车之后急着赶路的司机们吃得方便，吃得及时，甚至能把食物拿到车上、带到路上去吃。于是，肯德基夫妇推出了一种既可作为菜肴又可当作主食的油炸鸡块（腿）——这就是"肯德基"食品的雏形。

果然不出所料，这种迎合了当时、当地消费人群（司机们）的快餐食品，深受欢迎；而且投资小，见效快，容易成品化……终于演化成一个誉满全球、行销世界的响当当的品牌和产业。

获得成功的因素，并不仅仅是在某方面的专长和技能，更重要的是一种挑战精神。

挑战成就未来

一个从未涉足电脑业的女子，在 1999 年角逐惠普（HP）执行官一职时勇于进取，脱颖而出。她就是前任惠普董事会主席兼执行长的卡莉·菲奥莉娜，她作为全美二十大企业第一位女性执行官，年度报酬超过 1 亿美元，连续三年蝉联美国《财富》杂志的五十大企业女强人榜首。那么，这个地地道道的"门外汉"，又是如何执掌惠普、跻身电脑行业的呢？

按她自己的话说，那就是"挑战思想，征服人心"。在接受惠普人事委员会面试的关键时刻，其他候选人都忙于介绍自己在电脑业的资历和专长，推销他们的技能和才干，菲奥莉娜却开门见山地直指惠普的症结所在——发展到今天的惠普应蜕变成何种公司？应该有一个什么样的领导？她指出："公司就像一个人，有大脑，有心灵。如果你是一名领导人，你得征服整个'人'，而不是'人'的哪一部分（专长和技术尽管重要，却另当别论）。"

她在职场上的信条是：别把自己当成商场上的女性。她说，她从来不曾想过男人该做这个，女人该做那个。话里话外无不隐含着挑战意识和竞争意味。

　　纵观菲奥莉娜的成长历程，也是一次挑战连着另一次挑战。她大学未毕业就毅然辍学，之后便四处寻梦，浪迹天涯，做过接待员及英语教师。她于 1980 年进入 AT&T 担任销售工作，她的第一件业绩是把电话服务推销给大型官方机关。之后，她又由 AT&T 的主要服务部门转到冷门的网络系统设备部门，她的理由是："人家说网络系统都是一群男人，我去的动机就因为那是一个巨大的挑战。"

　　就是这种自强自立的挑战精神，让菲奥莉娜一步步登上全美商界第一女强人的宝座。

　　有时，让人们获得成功的因素，并不是在某方面的专长和技能，而是勇于挑战自我、挑战对手、挑战一切艰难险阻的豪情壮志和雄才大略。

重要的是——你是个合格的职员。

合格的职员

有一家香港的独资公司在济南招聘一名管理人员和数名业务人员，广告打出后，应聘者特别多。在报名登记的那天，老板亲自出马，但他没暴露自己的身份，而是以一般职员的衣着打扮来到报名现场，而且只带一名秘书，连个负责接待、传唤的业务人员也没安排。

报名的时间一到，在门外等待多时的应聘者们，争先恐后地往前挤，慌着填写登记表，递交个人简历和身份（学历）证明。老板和他的秘书一下淹没在人海里，忙得不可开交。正在登记表、档案袋和各种证明材料被人们抽拿、堆放、摆弄得一片狼藉之时，一位大学生模样的小伙子，看到如此情景，便把自己的材料放到衣兜里，主动地帮起老板和秘书的忙来。小伙子的手脚非常利落，刚才还乱七八糟的工作台很快变得井然有序，纷乱的人们在他的招呼下，也一一排起了长队。就这样，这次的报名登记工作很快告一段落。

当这个挺身而出、主动帮忙的小伙子作为最后一名准备填写自己的登记表时，和颜悦色的老板递给他另外一张与众不同的表格，并握着小伙子的手说："这张才是你的——管理人员的登记表……其他全是业务人员的备用表。"

"可是，我刚大学毕业，对管理工作还缺乏应有的经验。"小伙子诚实地对老板说，"再说，我对贵公司的具体业务更缺乏应有的了解。"

"这些都不重要，"老板一边说一边扶住小伙子的肩膀，"重要的是——你是个合格的职员！至于你说的那些，我早就有安排，如果你的情况允许，后天就飞往香港的总部，接受严格的培训。"

小伙子笑了，老板和秘书也笑了，三人一同走向门外的专车。

换个思路，成功之门就豁然敞开了。

房子不止一扇门

　　一家港资公司在济南招聘一名业务代表。进入决赛的甲乙两名应聘者，在不同的时间段分别被通知前来面试。

　　甲在面试期间，各种问题对答如流。就在他自我感觉良好之际，负责面试的考官忽然递给他一把钥匙，并随手指了指室内的一扇小门，笑吟吟地说："请你帮我到那间屋里拿只茶杯来。"

　　甲接过钥匙就去开那扇小门，钥匙很容易就插进了锁孔，可就是拧不动、打不开。甲非常耐心地鼓捣了好一阵子，才回过头来，很礼貌地问那位翻看材料的考官："请问，是这把钥匙吗？"

　　"是的，"考官抬头看了看甲，又补充一句，"错不了，就是那把钥匙。"然后接着看他的材料。

　　甲打不开门，就转身走回考官的面前，很为难、很没有面子地说："门也打不开，我也不渴……"

考官就打断他的话说："那好吧，你回去等通知吧，一个星期之内如果接不到通知，就不用等了。"

乙在回答问题时尽管不太流畅，可他很快就凭着那把钥匙在那间屋里取来一只茶杯。考官为他倒了一杯水，高兴地告诉他："喝杯水，然后签个协议，你被录用了。"

原来，那间屋不止一扇门，除考官房间的那扇内门外，还有一扇与考官房门相邻的对外的门。乙就是打开了外边的那扇门，取出茶杯的。

有些事情就是这样，让脑筋转个弯，换个思路，成功之门就豁然敞开了。

穿越
困境

第四辑

脱离困境的途径，不是消极退缩，而是勇于穿越。

穿越困境

听一位老红军讲，在万里长征途中，有一支暂时被敌人打散的队伍，在弹尽粮绝、万般疲惫的情况下，于一个风雨交加的深夜走进了一片沼泽地。天亮之后，当人们发现脚下的险境时，队伍当中出现了两种截然不同的看法和心态。一部分人心灰意冷，怨天尤人，要求立即原路返回，逃离这险象环生的沼泽地；而另一部分人镇静自若，积极分析天气变化和地形状况，决定勇往直前，冲出险境。

后来，由于大雨滂沱再加上气温变化，原路返回的人们一个也没能走出那片辽阔的沼泽地；而继续前进的人们，很快就穿越了沼泽，跟上了大部队。原来，在夜里他们已不知不觉地跨越了那片沼泽的大部分地带，再往前不多远就是炊烟缭绕的绿洲了。

看来，脱离困境的途径，不是消极退缩，而是勇于穿越。

成功既要趁早又要趁巧。

早熟的石榴

沂蒙山区有我的一个表妹，她在泰安农校毕业不到三年的时间里，自谋职业，单打独拼，迅速创下骄人的业绩，摇身成为小富姐。那年秋天（也就是她刚刚毕业的那年），她来济南找我，说是在推销一种可长期保鲜的石榴。我说石榴怎么保鲜呢，是不是恒温保存？她就笑了，说我老土，说我墨守成规。后来，当她的那些经过特殊处理，经年不干不裂不坏的石榴，不仅在国内畅销，而且顺利打入国际市场时，我才弄清——她的"恒鲜石榴"无非是用石蜡密封处理过的"特制品"，工艺流程再简单不过，却是一种前无古人的独创绝招。

那年夏天（具体时间是阴历6月底），我又在济南见到这个表妹，她又忙着推销石榴，向各大商场铺货。不过，这次不再是恒鲜石榴，而是一种"龇牙咧嘴"的红籽毕现的早熟石榴——比自然成熟的石榴要提前上市一个多月。我原以为她是通过塑料大棚实现这一成果的，谁知我的想法又错了——她笑着对我说："你的脑子怎么也不开窍呀，那样的话，谁不会？再说，石榴这种果树要好多年才能结果，是不适合大棚培植的，你懂不懂？"我哪里懂？她又神秘地告诉我："这种石榴是通过人工催熟的，只需一把特制的小刀，像划罂粟壳一样在石榴长成之后挨个一划，它就提前爆皮、提前成熟了……"说到这里，她犹豫了片刻，又接着对我说："不过，我可告诉你，在我的这个绝技曝光之前，你千万不要说出去，这可是商业机密啊。"

后来她又在电话中告诉我，她对石榴又有新的招数、新的举措了，以前的催熟办法也成为历史了……

不过，我仍惊叹于她对石榴的蜡封和刀划特技，尤其是那种用刀划的方法让石榴早熟、爆皮的"绝招"，让我不止一次地联想到著名作家张爱玲的那句名言："出名要趁早。"

点石成金不是神话。

点石成金

一对旅行结婚的青年，兴致使然，双双走进一条人迹罕至的山谷。当二人踩着遍地的鹅卵石并肩携手、东张西望时，新娘手中的一朵野花掉在地上。新郎屈身去拾，却迟迟不站起来了——在野花坠落处，他发现一颗形状酷似新娘脸形的鹅卵石。为答谢新郎的厚爱，新娘随后也觅得一枚形状酷似新郎脸形的鹅卵石。

这对美术学院毕业的大学生，回到家中后，不约而同地将手中的鹅卵石连夜雕刻成对方的肖像，并在背面刻上对方的名字以及"肖像石"的来历。一颗本来非常普通的鹅卵石，一下变成妙手偶得的工艺佳品和天赐良缘的爱情信物。

翌日清晨，二人几乎异口同声地说："咱们为什么不去开发这种天造地设的旅游资源呢？"于是，二人申请承包了那个原始的无人注目的山谷，并为山谷起了一个非常好听非常雅致的名字："良缘谷"。

通过一番精心策划，当二人深谷遇妙石的真实故事以软广告的形式在媒体上播发之后，那个古老幽静的山谷一下热闹起来，成为青年男女们寻梦求缘、寻找"自我"和"偶像"的旅游热点、探幽胜地。

二人当然也闲不住，忙着为游客们雕刻惟妙惟肖的"肖像石""良缘石"。再后来，双方的妹妹也都招进"良缘谷"，一个当导游，一个当会计。

小事物里的大智慧。

眼　光

在泰山以南的京浦铁路西侧，有一片乱石遍布的荒草坡。前些年的一个年底，当本地实行承包山林坡地的时候，按行政划分，拥有这片荒地的几个村，都没把这片荒草坡作为承包范围，那些大多看重果园或沃土的承包人更没把它放在眼里，因为这片荒草坡荒得太有"水平"，别说庄稼了，就连挖坑植树都很难。后来，有一个常年在外地打工的村民回到家乡主动承包了这片荒草坡。于是，附近几个村的群众都感到不理解，有人觉着他傻，有人觉着他没眼光，有人觉着他的脑子出了问题……一时众说纷纭，讥笑连篇。

到了第二年春天，正当人们忙着春播之时，荒草坡承包者却沿着京浦铁路和 104 国道立起了几个新奇的广告牌，上面写着："鲁南蛐蛐，天下第一""斗蛐蛐，找大王""全国第一家野生蛐蛐园"等。直到这时，人们才转过弯来，也才想起来每年夏天都会有不少南方人到他们这里来逮蛐蛐，而最吸引人的就是那片荒草坡。平时，这里的人们只知道蛐蛐的叫声很好听、也很烦人，见南方有人专门来逮蛐蛐，又知道蛐蛐可以斗着玩儿。但绝没想到这小小的蛐蛐还能生财，更没想到他们这里的蛐蛐竟然名冠江南，是上海等地的蛐蛐市场上最抢手的尤物，被他们称为"愣头青"的那种又大又威武健壮的蛐蛐，基本上是蛐蛐界的常胜冠军，曾经热卖到每只万元。

到了夏天，蛐蛐园——昔日荒草坡的门票价格一涨再涨，承包人在他新建的小石房里饮茶听歌、坐收渔利。而其他季节，承包人既不用放养蛐蛐也不用管理蛐蛐，照常到外地打工、做生意。

当荒草坡的承包者悠闲自在地大填腰包之后，人们无不为他的心智眼光而叫好，为他的生财之道而叹服。

解读雁阵，一如解读社会和人生。

解读雁阵

冬来春往，天空不时有雁阵飞过，有时还可听到头雁和尾雁的呼应声。

随季节而按时迁徙的野生雁群，每每以恒定的队形南来北往地飞行着。这种特有的"人"字形飞行现象，在习性、物种的诠释之外，似乎更有一种科学的运动原理因素。

据有关科学实验证实，当第一只雁展翅拍打时，其他的雁即刻循序跟进，整个雁群依次借着固定队形飞升、翱翔。这种独特的"团队操作"，因气流学、浮力学的巧妙运用，要比每只雁单飞时至少减少百分之二十九的飞升阻力。

经常观察不难发现，当一只雁不慎或因其他原因脱队时，它似乎有一种独自飞行的迟缓、散漫与孤单感，所以会快速回归队列，并把双翅的鼓动频率很快调整到与前一只雁相一致。在充分享受前一只雁所形成的气流、浮力作用的同时，似乎更有一种浑然一体的生命律动和运动节拍在和谐地发挥作用，促血肉之躯奋发，使心灵感应依顺。

当领队的头雁（唯有它得不到团体运作所形成的好处）疲倦时，它会自然退居到侧翼，由另一只雁接替上任，照常飞行。同时，飞行在最后的两只雁会不约而同地有节律地发出叫声，与前面的同伴和头雁保持沟通……不知是告慰、问安还是激励。

而更令人惊奇和赞叹的是，当某只雁生病或因人类的枪击、鹰类的袭击而受伤不得不脱队时，必将有两只雁自行留下来，跟随、陪伴它，提供帮助和护理。它俩将与病（伤）雁患难与共，跟随它沦落于地面、山涧、湖泊等任何水深火热里，直到它"康复"或死去。而且，只有在这种情况下，另两只雁才恋恋不舍、万般无奈地哀鸣着飞离，去追赶自己的队伍，或暂且加入到别的雁阵里，向预定的目的地继续飞行……

解读雁阵，一如解读社会和人生。

成败往往取决于耐心和毅力。

只差几步

1998 年夏天，我曾在青岛应聘于一家港商的独资企业。在接受独特而严格的营销训练时，我做过一个令人耿耿于怀的游戏。

游戏的名称很简单，叫"盲寻"。整个过程也不复杂，就是蒙上你的双眼，让你在特定的范围内寻找到设定的目标。不过，这个游戏刚开始的时候对我来说还是很有魅力、很有人情味儿的，因为培训师给我设定的"目标"竟然是一位堪称企业之花的漂亮小姐。而且，只要我能捕捉到自己的"目标"，便可和"目标"一起到观礼台上享受一顿多元化、随便挑的冷饮。可是，后来的结果，竟是如此地令人沮丧。

下午三点多钟，我们来到烈日炎炎的海滨广场上，用绳索圈出一片约三亩见方的平整地面。按游戏规则，我必须袒胸露背地在烈日下、在这个范围内"盲目"地寻找"目标"。而目标则坐在一只可以到处摆放的小塑料凳上，撑一把不大不小的遮阳伞。她在前一天就被告知，不许使用香水、香粉之类的散香物质，只许涂淡妆，而且严禁故意发出声音等有可能给我提供"线索"的行为和动作（有人在她身边监视）。进入游戏场地后，我和"目标"即被隔离。在我被蒙上眼睛之后，那只小塑料凳才被摆放到培训师认定的地方（不过，在我寻找的过程中就不再挪动，也就是说，"目标"是固定不动的）。可恨的是，在我被蒙上眼之后有人故意地牵引我走了几圈，迷乱了我的方向感（我只好靠太阳光线的照射角度来判断了）。

游戏正式开始了，我伸开双臂摸索着走动起来。谁知，在我转得晕头转向、热得汗流浃背之后，仍没能寻找到美丽的"目标"。但由于这是正式的培训项目，不是小孩游戏，我只能硬着头皮坚持着转来转去。不知过了多长时间，不知转了多少圈之后，我已是口干舌燥、心急火燎，渐渐失去原有的耐心。我甚至怀疑，"目标"是不是在圈定的场地之内，是不是培训师的一个"阴谋"——不是在考验我的耐性，而是在考验我的判断能力？

于是，焦灼而盲目地又寻找一阵之后，我疲惫而沮丧地举起了投降的双手。就在我长出一口气，扯下眼上的布条时，我愣住了——"目标"不仅仍静静地端坐在场地上，而且离我咫尺之遥，近得只需她伸伸手、我伸伸手就能改变结局，就能成功的。

没等我说什么，"目标"就先发话了，她不无失望和哀怨地说："你好笨呀！你的耳朵、你的鼻子都好迟钝呀！你不会再往前走几步吗？你就缺乏这点儿耐心吗？告诉你，事后你必须偿还我这顿眼看就能吃上的冷饮……"

多年之后，我仍悔恨不已地惦记着那个失败的游戏。无论干什么事情，无论遇到什么样的挫折和失望（失望不就是看不到，不就是盲目吗?），总是警醒自己：增加些再增加些耐心和周到。

在有限的光阴里缔造成功人生、创造美好未来。

每分每秒的效应

时间是构成人生、创建业绩的重要元素之一，如何把握时间、珍惜时间、充分地利用时间，在有限的光阴里缔造成功人生、创造美好未来，是每个胸怀志向的创业者务必面对的现实。

我在深圳参加过的一次潜能开发培训，就试图通过一系列体验式、启发性的课程，让每位参训者感受时间的仓促和紧迫性，感悟每分每秒的作用和效应，从而培养出一个成功人士应当具备的不同寻常的强烈的时间观念。

别出心裁、深入浅出的正式培训过程（分八个步骤进行），只需八分钟。可是，这短短的八分钟，在我心底却留下深深的长长的震撼。

一分钟沟通。在即将进入活动现场之际，一位三十多岁的女培训师轻柔地对我说："也许，今生今世，我俩就只有这一分钟的相处时间。不过，能看得出来，咱们一样，都是苦孩子。事业未成功，亲朋隔远天，漂泊奔波间，人生已过半。有时候，哭都找不到地方……"她说了不到一分钟，我的心里已阵阵酸楚。接下来就是一连串的培训活动。

一分钟翻币。覆盖着玻璃的桌面上，摆放着 60 枚一分的硬币，这些硬币全都是背面朝上的，必须在一分钟之内把它们全都翻过来。我慌慌张张地把硬币全翻一遍时，桌面上还剩下 58 枚，另两枚已滚落在地面上。

一分钟点钞。一沓崭新的厚厚的百元钞票，看你一分钟之内能点多少张。笨手笨脚的我居然在短短的一分钟里点了 269 张，这个数字令我惊讶。

一分钟蹦跳。真没想到，短短的一分钟时间里，我竟然能就地蹦跳一百余次。

一分钟削梨。真没想到，短短的一分钟时间里，我竟然能削好一只大梨。

一分钟阅读。培训师发给一册薄薄的小本本（一看就知道是专门印的），让你翻阅一分钟之后，马上回答培训师的提问：封二和封底是什么颜色，书名是什么，谁写的，书中介绍了什么，全书的印刷一共使用了几种字体，以及落款日期、多少页码，等等。

一分钟发型。发给一把梳子、一个圆镜、半盆清水，务必在一分钟之内，为自己梳理出一个全新的发型。

一分钟换装。在一间备好新衣的房间里，务必在一分钟之内从里到外换上一身全新的服装（包括领带和鞋袜）。

真没想到，几分钟之后，从里到外，我已蜕变成一个全新的自我。

想象力也是生产力。

想象的翅膀

大凡成功者，都具有异常丰富的想象力和突出的创造性思维。在日新月异、风云变幻的市场环境下，在高手如林、竞争激烈的创业实践中，要想与众不同、出类拔萃，要想有所作为、建功立业，务必使自己的思维展开想象的翅膀，翱翔在前卫新潮的尖端领域。只有这样，才能真正拥有克敌制胜的法宝。

我曾参加的一次有关想象力的培训，就是通过一系列体验式、启迪性的现场操作，别出心裁地开发和培养出参训者不同寻常的想象力。

培训师先发给一页复印纸、一小瓶胶水和一根大约 20 厘米长的细麻绳，要求在 10 分钟之内务必用麻绳"勾勒"粘贴出至少一个最亲密的生命体图案，而且不准截断麻绳，还说越简洁、越具象、越有说服力才好。我挖空心思地捣鼓了八九分钟，也没设计出满意的符合要求的图案来。直到剩下最后一分钟时，我才急中生智地粘贴成一个线条简洁的大腹便便的孕妇形象……结果得了满分。

接着，我被一位男培训师领进一间类似于摄影暗房的寂静无声、伸手不见五指的房间。稍停片刻，培训师问我："你感觉这房里都有什么？"我凭着嗅觉（有一种异常的类似花草的清香味儿）说："有鲜花，或者有女人。"培训师轻轻一笑说："那又会是什么样的鲜花、什么样的女人呢？"我凭着自己的感觉和想象说："含苞待放的鲜花，或暗香浮动的女培训师。"培训师接着问："能嗅出什么花来吗？能猜出女培训师的大体年龄吗？"我只得展开想象说："像是月季花，女培训师的年龄大概在三十岁左右。"培训师继续刨根问底："是插花还是盆花？女培训师是站着的还是坐着的？她此时此刻听着我俩谈话，会是什么表情呢？……"我都凭空想象着一一做了详尽而生动的回答。谁知，当灯打开时，室内空空如也，既没有鲜花，也没有什么女培训师。据说，在我进入之前，只喷了一种特制的香水。

没出这个房间，接着又进行了两节培训。

一是凭视觉开发想象力的：在一面墙上，培训师摘下一方小匾，墙上出现了一个碗口大小的洞。看来，洞是与另一房间通着的，却被一种红布从那边遮上了。我正弯腰看着时，培训师问我："你说那红色的东西是什么？我是问，用红布做成了什么？"我努力地打量着它的接缝和褶子，一连串地说："是手帕，是红领巾，是红围巾、红围裙，是红旗、红袖箍……"培训师也一连串地说 NO、NO、NO。最后，我实在是想不出再有什么可能的物品了。培训师伸进胳膊去，将那个红色的制品扯了过来，原来是一件非常精美的菱形的红肚兜。

一是凭触觉开发想象力的：在同一个墙洞里，培训师让我伸进胳膊去，触摸一样圆溜溜的东西，并接着问我："你感觉是什么？"我一连串地说："是铅球或其他金属球，是地球仪，是恐龙蛋化石……"培训师仍是一连串地说 NO、NO、NO。最后，我实在想不出再有什么圆的东西了。培训师才招呼另一房间的工作人员将那个圆溜溜的东西拿了过来，竟是一个打磨得非常光滑的椰子壳。

自此，我才意识到，自己原来的想象力是那样的贫乏，那样的局限。而通过这次培训，我看到天边的一朵云，也能想象出许多种生动异常的飞翔物，正是：让想象展开飞翔的翅膀。

挫折和磨难、困顿和牵绊都不应该成为失败的理由。

挫折不是失败的理由

在三亚的海滩上，在那次以调整心态心志、拓展保险业务为目的的户外强化训练中，因培训师不满意我做的前面几个培训项目，勒令我补加一种更加刺激，也更加"残酷"的所谓"背负操"。

培训师一声令下，过来几个工作人员，不由分说地把我架到海浪不断的一片潮湿不堪的沙滩上，然后将我按倒在地。一个人骑在我背上，左手抓紧我的头发，右手按住我的臀部；另外两个分别抱住拉住我的腿。

一直在一旁指手画脚的培训师，走到一位女士跟前说："你来充当他的亲人。"接着，那位女士被培训师悄悄地交代了一番，遂被领到浅水中，坐在一个露出水面的石块上。

所谓的背负操开始了。我背负着沉重的压力，拖着如此的牵绊，向大约二十米远的目标——设定的"她"、虚拟的"亲人"竭力爬去。束缚我的几个人大声叫喊着："你成功不了！"

"别爬了！回去吧！""别妄想了！"

而举目可望的"她"（母亲？姐姐？妻子？）正被两个男指导老师拧住胳膊、按住肩膀，一动不能动地凝望着我，大声呼喊着我："冲过来吧，闯过来吧，亲人在等待你，亲人盼着你的成功！冲过来吧……"

我把滚烫的泪水自眼底自舌根立即咽回到心底，化作一种难以表述的动力，歇斯底里地大叫一声，奋力向前爬去。

背上的人死死地压迫我，并抓着我的头发向上向后拉扯。后面的两个人则不断地用力把我拉回原处，并"恶意"地大声叫着："你小子，别想过去……"

前面的她开始哭叫，周围的人开始哭叫。当我终于爬过三分之一的距离时，其他几位女士一一扑过来，跪在我的前面，用手啪啪地拍打着潮湿的沙滩，已听不清她们在叫喊着什么。我身上、身后的三个人仍是不肯松手、不肯松劲地钳制着我。有两个女士开始抱住我的双臂往前拉。这时，随着一声大叫，一位男士从人群中猛然跃起，一脚将骑在我身上的工作人员踹了个仰面朝天。后边的两个人也已被另外几个男士按倒在地。

前面的她也突然挣脱出来，扑到我身边，把我拉起来，紧紧拥抱着大声痛哭……我似乎真的经历了一番忍辱负重、牵绊万重的苦苦追求，真的获得了事业的成功、亲人的拥慰。

自此，我对人生的追求和事业的成败有了全新的认识，对家庭、亲人和社会因素有了更加深切的体会——一切的挫折和磨难、困顿和牵绊都不应该成为失败的理由。

自信心的强弱在事业成败中起着决定性作用。

无所畏惧的自信心

　　我在深圳参加过一次体验式培训，通过一系列模拟场景，让参训者切实体验到战胜自我、征服他人的历程，培养起无所畏惧、坚不可摧的自信心。

　　在我认为还没有开始正式培训的饭局上，当着六七个陌生人的面，培训师忽然让我唱首歌，而且不给麦克风，让清唱。我说，我五音不全，最怕的就是唱歌。培训师则说，那就对了，咱今天要听的就是特色，你就唱那首电影《红高粱》的插曲吧。再三推脱不下，我只好硬着头皮敞开嗓门唱起了那首粗野而奔放的电影插曲。在我刚唱两句的时候，培训师就带头使劲地鼓掌，并且和着拍子一直拍到尾声。在我累得窘得全身冒汗时，培训师伸出了大拇指，连声"赞美"我：太棒了，真是太棒了！这才是原汁原味的"高粱酒"呢！这时，对面的两位女士已笑得"热泪盈眶"了。不过，能看得出来，她们是真的在乐。后来，在培训师和其他饭友的鼓动下，我又充满表现欲（甚至是迫不及待）地唱了《红河谷》等歌曲，还与一位女士合唱了《夫妻双双把家还》的戏剧选段。大家都在鼓掌，我也跟着乐，心底泛起某种说不上来的自豪感和愉悦情愫。

接下来，培训师又让一位女士当众"出丑"，让她当着大家的面，无缘无故地开怀大笑、放声大笑。

之后，在培训师的引导下，我又扮演了伟人，狂跳了迪斯科，还与一位邻座的"老教授"（估计也是培训师特意安排的托儿）发生了"争执"，理论了一番。

就在我酒足饭饱，并且意识到培训已悄然开始，刚刚跟随培训师走出那间单间时，门口走过来一位风姿绰约的女子，就在她和培训师打过招呼，正欲与我握手时，培训师突然对我说："这就是我夫人，她对你早有耳闻，欣赏有加，她刚从澳洲回来，正生我的气，嫌我和其他的女士常常致以国际礼节（拥抱），我看这样吧，今天你老纪就帮我还个人情，与她致以国际礼节，让她寻找一下心理平衡……"培训师半认真半开玩笑的话还没说完，那位女士已嗔怪地意欲转身走开。培训师"急"得眼冒金星，只顾搓手，一副有求于我、抱怨我的神情。有饭局中的那些个"故事"铺底，我忽然自信起来，当机立断地给那位女士一个不由分说的迎面拥抱。

骤如急雨的掌声中，那位女士在我耳边说："纪先生，恭喜你，这一关你顺利通过了。我也是培训师，我还没嫁人呢，你上他的当了。"

我也悄声告诉她："有可能的话，这样的当，让我多上几次。"

无论是经商创业还是社交活动，能否取得预期的成功，除自身的能力和外在的机遇等因素外，自信心的强弱往往起着决定性作用。

事业征途、社会舞台上，不光是对手和竞争，也需要盟友和协作。

协调着共同攀升

在一节关于如何协调关系、谋求共同发展的培训课程中，穿插了一个很刺激、很危险也很有启发性和说服力的感性训练——两个学员一组，每组的两个合作者分别从一堵墙的前后两边，借用同一根可以来回抽动（也就是不固定）的绳索，同时以同样的方式向上攀缘（在他们攀爬的下面放置着厚厚的海绵垫）。

第一组的两个学员以失败而告终，因为其中的一位学员因臂力不支而中途放弃，另一个学员自然也就随之落下，无法攀爬。

第二组的两个学员则惹了个笑话，由于他俩的体重相差太多，当他俩同时向上攀缘时，轻的那方倒是特省劲儿，重的那方却总是离不开地面。最后没辙了，重的就作为砣和锚，让轻的先上去（其实这样已属犯规）。谁知，当重的刚准备上时，高高在上的轻者，因不堪重负，就被重的拉了下来，二人双双跌倒在重的一方的海绵垫上。

　　当然也有成功的（包括那些体重并不完全相同的学员们），因为他们有了前者失败的教训，便懂得了相互协调和照应，他们借助砖缝等可以增加摩擦和滞留力的因素，非常和谐、巧妙地协助对方共同攀升，同时攀上高高的墙头，然后再相互协调、相互照应着沿绳索同时返回地面。整个过程体现着一种超乎寻常的合作精神，体现着人与人之间的亲善融合、包容豁达，也体现着人们的开明和睿智。

　　在事业征途、社会舞台上，毕竟不光是对手和竞争，有时也需要盟友和协作。高墙两边、绳索两端的那些具体而细微的协调动作、照应心态，让人感慨，更令人赞叹不已，让参与者感性地演绎着共同攀升的成功体验，感悟出精诚协作、协调发展的重要性、必然性。

有些压力反而促进了人生的进程、事业的成功。

体验压力

　　这是蚌埠一家"生存训练"俱乐部在淮河岸边设立的一处专用训练场。我进入训练场地，参加的第一个训练科目是掷球。先掷一种屈指盈握的皮球，再掷一种同样大小的铅球……给我的初步体验（或说印象）是，轻飘的东西反而抛不远。

　　接下来，我又在培训师的引导下走一种离地大约只有一米高的低空钢丝。我尝试几次都跌落下来之后，想起了那些专业走钢丝者手中长长的竹竿。当我向培训师提出这一要求时，他递给我一对沉甸甸的哑铃。我展开双臂，紧握哑铃，再走在那条钢丝上时，就很容易找到一种平衡，很顺利地走了一遭，心想：手拎重物反倒走得沉稳。

　　下一个项目，更觉新鲜，也更具启发性。培训师让我单腿（屈起另一条腿）站立在一个开动着的浑圆的小型马达上。尽管我做了最大的努力，还是受不了脚下的震动，一次次从上面掉下来。这时，培训师将一个足有百斤重的沙袋放在我的肩上，再让我试试。这样一来，马达的威风被压下去了，震动明显减轻，我心悦诚服、心领神会地表演了好一阵子"金鸡独立"。

最后，培训师让我爬一个铺满黄沙的斜坡足有 70°的河岸。我累得满头大汗，连半个坡也没能爬上，就一次次滑了下来。这时，培训师又把一个比刚才那个还要重许多的沙袋放在我的背上，说，再试试吧。我背负着如此的重压，脚下生根似的一步一个深深的脚窝，终于爬上斜坡的顶端……

在现实人生和日常事务中，人们往往感到生活和工作的压力太大，甚至产生一种内心的哀怨和精神的负担。其实，所谓的压力，也有正反两方面的性质和作用，有些压力不仅构不成挫折和磨难，反而促进了人生的进程、事业的成功，尤其对那些不甘沉沦、孜孜以求的创业者而言。

生命的坚韧

第五辑

老方丈有了一段尘谊，我也结下一段佛缘。

心　境

　　鲁西南有九十九座山峦，虽不是最高但最值得游览的就是青山了。青山上有深深的溶洞、长长的石寨，但最值得流连的却是青山寺。寺院内，正对着寺门有一眼亘古涌流的山泉，山泉两侧的石壁上刻着一副对联："山色霭霭人间圣地，流水潺潺世外洞天。"对联的字体苍秀硕大，遥遥可见，对联附近还刻有几十首（篇）历代文人墨客吟咏青山的古体诗文。

　　就在我一年之内第三次走进山门，第三次伫立在泉边吟咏佳句妙联时，寺院的天河方丈主动和我打起招呼，不仅邀我品茗谈诗、登高望远，还赠予我一块惟妙惟肖的被方丈称之为"母与子"的吸水石。

　　于是，老方丈有了一段尘谊，我也结下一段佛缘。

　　在青山极顶的一块山岩上，老方丈的视线将我的目光带向山外山、云外云。此时此刻，夕阳缱绻，粉霞舒卷；飞鸟归林，炊烟散漫；天地之间，烟云浑然。

就在我陶醉于眼前的景色，默咏着"夕阳无限好，只是近黄昏"的诗句时，老方丈却笑呵呵地说："另一个清晨终于近了！"

我的头脑和心灵像被撞了一下，思维马上活跃起来，联想也有了超然的跳跃。我若有所悟地说："方丈是在展望，而我只是在看啊！"

"不，"方丈两眼微眯，神情怡然地说，"我早已回到自己的内心，陶醉于旭日东升的心境了！"

听到这里，我的内心也豁然辽阔、丰赡起来，产生了一种比大自然更美妙深远的与其说是幻象不如说是心象的憧憬。

我忽然觉着，天河方丈就像一个运筹神笔的画家，轻描淡写（只言片语）就点化出我的心境……

我忽然意识到亲情、牵念和爱心是如此的韧若蒲丝。

生命的坚韧

　　那次，在广西柳州的鱼峰山下，我遇到一位乞讨的老者，竟然是二十年前曾在鲁西南一带沿街乞讨、千里寻孙的那个郑老汉。当时，被人们称为"郑老汉"的他，而今已七十有余，他的孙子丢失了已近三十个年头。他老人家是如何一步步、一天天、一年年从黑龙江克东县来到鲁西南，又是如何从鲁西南横跨千山万水，历经二十余年的风风雨雨，一个省一个省、一个县一个县、一个村一个村地四处打听，苦苦寻觅着走到这大西南的呢？

　　面对他饱经沧桑的面容、抑郁依然的双眼和依然硬朗的身板，我忽然意识到亲情、牵念和爱心是如此的韧若蒲丝、无可替代，而个体生命在血脉的牵引下又是如此的顽强和不可思议。同时也意识到这世间是如此的不可捉摸、善恶多变，众生竟又是如此的命运多舛而千差万别。

　　郑老汉是在一个夏天的傍晚把孙子弄丢的，当时他的儿子和儿媳下地干活还没回来，孙子却哭闹着先睡了。郑老汉到厨房做饭的工夫，孙子转眼就不见了。因当地很少有狼等凶残动物，郑老汉便认定是歹人把孩子给偷走卖掉了。全家人疯了似的四处寻找，并到当地派出所报了案。可是，三个月过去了，半年过去了，他丢失的孙子仍是杳无音信。郑老汉终于坐不住了，他悄悄告别所有的亲人，孤身一人、身无分文地踏上了漫漫寻孙路。先是每过三个月，后来每过半年，再后来每过一年，他就到所到之地的派出所或政府机关，让他们给家乡的派出所或村委会挂个电话，询问一下他的孙子是否回家了……当我抓着他的手，反复说我就是当年那个最爱吃凉馍的小连子时，他另一只手中的缸子一下掉到地上，但他那只手仍在我面前颤抖着、迟疑着，似乎仍不敢相信这是真的，或者是不敢碰已长成大人、西装革履的我。我再也抑制不住自己的感情，紧紧抱住了他的胳膊。

他老泪纵横地一边端详着我一边嘟哝着："我孙子比你小不了几岁，也该长得像你这样了……"据他说，他已寻遍了近二十个省市的角角落落。他孙子的前额有一个"V"形的伤疤，眼角有一个明显的黑痣，凭此他定能认出自己的孙子，哪怕他会一天天地长大……至今他对此深信不疑，充满信心和热望。

切切的交谈引发我对往事的回忆——大约是1974年冬季的某个傍晚，天上正纷纷扬扬地下着雪，一个有些驼背的乞讨者，在我送给他一个热乎乎的煮地瓜后，仍不肯走，看看我家厨房又看看我，然后小声对我说："你去问问你家大人，我能在你家厨房里住一宿吗？"

于是，我母亲给他盛满热汤，我父亲给他拿来棉衣（他没留，说是自己带来棉被了），我哥哥给他抱来麦秸……本来打算住一宿就换地方的他，在我家一住就是十多天。在这段时间里，他以行乞的方式寻遍了附近的村村落落。我出于好奇也出于童心无忌，和他混得很熟，他经常把一些从各家要来的白的、黄的、黑的零零碎碎的凉馍给我吃，说是"吃百家饭成人的"。我总是吃得很带劲，他总是看着很开心。我最爱听他讲大黑熊和白脸狼的故事，有时听得入了迷，母亲喊几次都不愿回房睡觉。

后来我还知道他的老家在我们山东，在他父亲那一代闯关东去了黑龙江。他膝下一儿一女，老伴早逝，儿子结婚生子后，他视孙子为全家的未来和希望。平日里，隔代亲使他和孙子亲密无间、形影不离。谁知，孙子刚过完三岁生日没几天，就从他身边丢失了。

今天，我才知道，在他走出家门寻孙以来，在我家所住的那十多天，是他在一个地方、在一个村庄逗留时间最长的——一是因为我全家人对他的容留和照顾，二是因为再往南走就要走出山东地了……按他现在的话说，"不知能活到今天，当时尽管寻孙心切，对老家的土地竟也是那样的留恋"。

这时，我注意到，他现在用的拐杖，竟还是那根我为他把一小节钢管固定在底端的打狗棍，那节钢管似乎已磨去许多。他的背也比当年驼得更厉害了。

面对寻亲无望、有家难回的郑老汉，我心中云集着别样的情感和酸痛。他告诉我，找不到孙了，到死他也不回家。我的眼底一阵阵潮热。

临别，我把手伸向自己的衣兜，准备给他点钱。他好像看出了我的意思，没等我掏出来，他竟对我说："你出这么远的差，盘缠宽绰吗？出远门千万别苦着自己，再从我这儿拿点吧。"他一边说一边从腰里掏出一个卷得紧紧的小塑料袋……

我心里酸酸的，眼里的泪终于流下来。

后来，当我准备借用媒体帮郑老汉寻找失散多年的孙子时，却从郑老汉的儿子处获悉一个意外的情况：在孩子丢失十三年后，一个猎人在离郑老汉家很远的一个非常隐蔽的山洞里发现了孩子的手镯、凉鞋和遗骨，证实孩子是被恶狼叼走的。

但是，郑老汉的儿子思虑再三还是决定对父亲保密，他怕父亲承受不了这一打击，还不如让他带着寻孙的希望和心愿浪迹天涯、安度余生。

当山重水复柳暗花明几番轮回之后，柔弱的生命自会变得坚韧刚强，粗糙的心灵自会锻炼打磨出绚丽的光泽。

弹起的马蹄与涌来的蛇群

人的一生，许许多多的伤害和危机，还往往与其他的动物有关。童年时被马踢飞而大难不死的记忆，以及最近与涌来的蛇群短兵相接、斗智斗勇的经历，让我对生命本身和赖以生存的环境又有了全新的认识。

先说说童年时期与马的过节和遭遇吧。那是在我四岁半时，一个阳光明媚的夏天，见大些的孩子们用一根马尾上的长毛绾成一个活扣，再固定在一根长棍上，就可以套蜻蜓，我就天真无知地跑到一匹马的屁股后面，想薅它尾巴上的长毛。就在我刚一动手时，那匹在柳树下拴着的高大英俊的青骢马，抬起右边的一条腿，一下子将我弹飞，而且弹得特别高、飞得特别远，我懵懵懂懂地就落在大街对过的一个麦草垛上。更令人气愤的是，当我爬起来，揉揉肚子，在垛子上无法下来而大呼小叫时，那匹马竟装着听不到，连头都不回。后来，当路过的二叔将我从垛子上接下来时，听我一说，脸都吓青了。他先是反反复复地查看我的肚子和腿，问我这里疼不那里痒不，在确认我无伤后，他拎起一根长棍，大喝一声冲向那匹好像什么也没发生过似的青骢马……

后来，听大人说，多亏我当时离马的后腿特别近，要是远些就绝对没命了；再者，我多亏落在一个高大的麦草垛上，要是落在地上、撞到墙上树上，也够受的了……在各种各样的议论声中，我的名气在村里传开了，有的说我命大，有的说大难不死必有后福，有的说是神仙保佑（附近就有一座古庙，记得我奶奶还去烧了香，许了愿），众说纷纭，莫衷一是。

我则认为是巧了。

再回过头来说说我与毒蛇周旋的惊险一幕。那年盛夏一个细雨霏霏的日子，我作为特派记者，前往神农架腹地的一支地质勘探队的营地进行采访，我赶到勘探现场时，正值中午时分，休息用餐的队员们正对钻孔里流出的浑血碎肉议论纷纷，有的说是钻头钻进了山鼠窝，有的说是钻头钻住了穿山甲，有的说是钻头钻进了蛇穴或大蟒窝……我没太在意这些闲言碎语，与领队简单地聊了一会后，为不打扰队员们休息，就和他们一起躺在临时搭建的帆布帐篷里睡起午觉来（连日的奔波，我确实太疲劳了）。

可是，就在我激灵一下醒来时，队员们已全部出工了，整个帐篷里就剩下我自己了。令人毛骨悚然的是，我的手腕上正有一条大青蛇爬动着、吐着长芯，我本能地以最快的动作抽回手臂，并随之弹坐起来——我一下傻眼了，小小的帐篷里已到处是蛇，光我躺着的简易铁丝床上就有五六条。凭以往掌握的有关知识，我认定这些不速之客全是有毒的，并且是受到了骚扰或伤害而集体出动的（我想起队员们刚才讨论的话题，看来是钻进蛇洞了）。想到这里，我不禁大声呼叫起来，可是一点回声也没有。队员们出于礼貌，没叫醒我，而全部到山坡那边的另一探点出工了。我接着去摸我的手机时，吓了一大跳——一条干瘦干瘦的小蛇正盘踞在上面。我用相机的长镜头去戳它，它也不跑，还把它的三角头高高地抬起，做出进攻的架势来。我一慌，无意间按动了拍摄键，刺眼的镁光一闪，那条小蛇像是受了惊吓，快速爬到床的下边。可是，当我想借助相机的镁光驱散所有的毒蛇逃出帐篷时，才知道这一招不是太灵，大多数毒蛇一上来似乎有点儿惊吓，可是我按上几次之后，它们就不怕了，有的还把镁光看成挑衅，吐着长芯子开始向我攻击。我赶紧抓起手机，拨通了领队的手机。他在电话中告诉我，千万不要乱动，尽量站在原地，并说外面的人员绝对不能靠近，那样只会促动毒蛇们进攻的势头，想脱身就只能靠我自己了。但他指给我一个驱蛇的办法，就是点燃香烟、衣物等容易生烟的东西，点的越多越好，并说枕头下面可能有火机、火柴，还说只要能点燃的东西尽管点，就是票子也要点，还特别提醒我，千万不要把整个帐篷都引着了，那样就麻烦大了，蛇在无路可逃的关头会发起歇斯底里的进攻。

可是，当我小心翼翼地掀起那个用竹片编成的消暑枕头时，发现只有一盒火柴，火柴盒里只有一根火柴棒，而扁扁的烟盒里也空空如也。我手握唯一的火柴棒，就像抓住一根救命稻草。形势所迫，既要成功地一次性把它划着，又必须顺利地引燃其他物品，并要保证燃烧物的连续性，直到把蛇群驱散。我先取出兜里的小本本（那上面全是我的采访记录），撕下几页，再撕开唯一的烟盒，再掏空我的旅行包，再把我的衬衫、背心和长裤果断地扒下来，并准备好竹质的枕头、竹质的凉席（一上来绝对不能动凉席，因为凉席上就有多条毒蛇）。我快速高效地思索运筹一番，开始提心吊胆地划那根火柴，火柴成功划着后，我先引着纸张，再引着烟盒和衣物，然后把燃着的东西小心翼翼地放到床跟前的地面上，而且要保证既燃着又不要烧得太旺（确保烟雾的生成）……就这样，当我把笔记本、背包以及塑料梳子、塑料牙刷、工作证的外皮等能燃着的东西一一投进火堆之后，奇迹终于发生了——那些毒蛇很不情愿地一一退了出去，爬得不见了踪影。

当我确信不再有危险，穿着一条三角短裤非常狼狈、满眼含泪（许是烟雾熏的）地走出帐篷时，领队和所有闻讯赶来的队员们，正在不远处万分焦虑继而欣喜万分地望着帐篷的出口，望着绝处逢生、哭笑不得的我。

我忽然觉着，当为了生存和活命，毅然摒弃身外的一切，甚至是一丝不挂地面对厄运时，这是一种特等的历练和深层的洗礼。当山重水复柳暗花明几番轮回之后，柔弱的生命自会变得坚韧刚强，粗糙的心灵自会锻炼打磨出绚丽的光泽。

绝处逢生，无疑是一种人生的命题和强者的宣言。

她一以贯之地保持着自己水晶般的善心和优秀品质。

香馥馥的橡皮

初二开学那天，按高矮个排队重新组合，和我同村的纪翠兰成了我的同桌。翠兰是一个品学兼优而且非常漂亮的女生，从初一开始，我俩就是特别要好的搭档——她是学习委员，我是班长。成为同桌之后，我们配合得更默契，关系也更密切了。

令人遗憾的是，学习成绩名列前茅的翠兰，家庭状况却最糟糕。在她刚出生不到一个月的时候，她的母亲忙于麦收被暴雨淋出了病，常年犯病，药不离口；在她考上初中入学的第三天，他的父亲去集市上给她买自行车，在回来的路上，由于刚买的自行车刹闸失灵，他的父亲跌入深壕摔断了大胯和腿骨，一年过后还离不开双拐。这样一折腾，她家的情况就可想而知了。看吧，在我们的校园里，没有哪个女孩子比她更清秀，也没有哪个女孩子比她穿戴得更寒酸。

在平时的生活和学习中她也最节省、最俭朴，买个练习本总是先用铅笔在正反面一隙不留地写画，再用钢笔一隙不留地覆盖一遍，她甚至捡一些瓶塞、管头等橡胶制品代替橡皮来用。尽管如此，她还一以贯之地保持着自己水晶般的善心和优秀品质，即使在路边捡到一支小铅笔头，她也会主动上交老师。

有一次，我俩却因为一块小小的橡皮，演绎出一段令人难以忘怀的曲折故事。那天中午，我从商店里买了两块包装精美而且香喷喷的橡皮，准备送给翠兰一块。下午，我乐颠颠地跑进校园时，到校的同学还很少。我们初二的教室里正好只有翠兰一人端坐在窗边的座位上看书，我就蹦蹦跳跳地来到我俩的课桌旁，先从口袋里掏出一块精制的橡皮，慢慢地伸到翠兰的近前。她抬脸看了看我，又顺势看了看那块橡皮，笑眯眯地说："什么呀？真香！"

我一边把那块橡皮放在她面前的书上，一边乐呵呵地说："送给你的。"她犹犹豫豫地拿起来，闻了闻，看着我的眼睛问："口香糖吗？"

"不是口香糖，"我说着又从口袋里掏出另一块，"是橡皮。"

"我以为是糖呢。"翠兰翻来覆去地看着，翻来覆去地闻着，小声说，"你干吗买这么多这么贵的橡皮？我才不要呢，这种东西是哄人的，不一定好用。"

我知道她的犟脾气，更怕伤了她的自尊心，就察言观色地说："既然买了，你就收下吧，没有别的意思，我去买橡皮，一看挺好的，就给你捎来一块。"

"这样说我就收下，"她下意识地摊平了手，似乎是沉甸甸地端着，抬脸问我，"多少钱一块？"

"我就不能送给你一块小小的橡皮吗？"我一听她问价格，心里猛然就涌起一种说不上来的滋味，忽然提高了嗓门说，"咱同村、同姓、同族、同辈分，按生月我还得叫你姐姐哩，又没有别的意思，又不怕别人说闲话……"

"你不怕，我还怕呢！"她打断我的话，也提高了嗓门说，"我知道我家穷，可我凭什么要你的东西，我用不着别人可怜我……"

就在这时，有几个同学说着笑着向教室走来，我看不便再和她理论，就顺手拿起她的那本书盖在橡皮上面。她和鱼贯而入的几个同学打过招呼后，神情复杂地凝视我一阵，就长吁一口气，趴在那本书上一动不动了。

不到上课的时间，班主任看同学们来齐了，就走上讲台宣布了一条倡议——下午第一节的体育课和第二节的劳动课合并，全体同学到操场上清除杂草。翠兰离开座位前，用书把那块橡皮推过了我与她的"三八线"。我装着没看见，与同学们一起走出了教室。

就在操场上的杂草清除得差不多的时候，有同学发现翠兰的手上有血（她薅三棱草时划的），班主任就责令她去清洗一下，提前回教室。

大约十分钟后，我慌慌张张地先同学们一步回到教室，看翠兰的手指伤得轻重。当我看到她的手已止住血，并贴上班主任找来的创可贴时，就没再说什么。在同学们进教室之前，翠兰忽然问我："那块橡皮你没收起来，怎么不见了？"

我以为她改变了先前的想法，又乐意收下那块橡皮了，才这样和我幽默一下，就以一种无所谓的口吻说："不见就不见吧，不见就对了。"

"你这是啥意思？"翠兰的表情忽然严肃起来，不无紧张和焦虑地说，"那块橡皮真的不见了！"

我看她那副认真相，知道橡皮真的不见了。可我一时又理不出不见的原因，就暂且找缘由安慰她说："或许哪个同学拿去看了吧……"

"哪个同学能拿去？所有的同学都去了操场，况且咱俩最后出去的，而我又是最先回来的……"翠兰说着竟带出了哭腔，"今天是怎么啦？真是见了鬼了不成……"

这时，已有同学走进教室。我就说："别嚷嚷了，明天再说吧。也许当时都慌着出去，忘了具体细节。"

翠兰不说话了，眼底却凝聚着浓重的疑云。

我觉着这件事也够蹊跷的。

放学后，在回家的路上，我一遍遍地寻思：这件奇怪事儿还没有结束，明天翠兰还会提起，而且难有平复良策。她的心够苦的了，不能再让她遭受这不白之冤。想来想去，我就急中生智地想出一个解决方案来——悄悄地跑到商店里，再买一块同样的橡皮，就说我昨天顺手放到兜里了……

第二天清晨，当我在去学校的路上追上翠兰时，没等她发话，我就哈哈地笑着从口袋里一把掏出两块一模一样的橡皮来，装着自怨自艾的样子说："哎呀，我真糊涂，回家一摸口袋，两块都在里面……"

"你胡说！"翠兰停下自行车，一边掏书包一边说，"那块橡皮在我包里呢。是我不留神把它夹在书里的，回家掏书时，一下就掉在了地上……你总是哄我，说实话，是不是又跑到商店里买了一块？"

我看她说得有鼻子有眼的，就不打自招："昨天，我也弄不清橡皮是怎么不见的，又怕你老惦记这件事儿，就……"

"别说了，别说了。"翠兰忽然断断续续地笑起来，半是嗔怪半是幽怨地说，"其实这事儿全怪我，我太执拗、太任性、太自负、太不领人情了，才惹出这样的怪事和误会，让你受委屈，给你添麻烦了，请你原谅我。"

我就嘿嘿地笑了，笑着笑着眼睛就开始发涩、发热……而真正不能自已地流下眼泪来，是两天之后的物理课上。

那一天，教我们物理的赵老师刚走进教室的门，在他习惯性地扫视整个教室和所有同学的面孔时，在他的眼睛与我的眼睛怦然相遇的瞬间，他眼底顿现的一刻愣怔，明白无误地告诉我——他看到我时忽然想起了某件事情，而且这件事情是与我有瓜葛的。

但我万万没有想到，在我照例喊"起立""坐下"的当儿，赵老师转身出去，又迅速返回，他的手里竟然拿着一块精美的橡皮！而且径直朝我走来了，嘴里还不停地嘟哝着"对不起，对不起，实在对不起"。在我异常惊愕地起身接过那块失而复得的橡皮时，赵老师向我解释道："前天你们在操场上劳动时，我从教室的窗外经过，偶尔看到放在你课桌上的这块四四方方的新橡皮，就联想到我正为初一准备的浮力课，打算用它做个实验，看把它放在水中能浮出几分之几。后来一忙就忘了送回来，没耽误你用吧？"

我一直张着嘴，却没能说出一句话来，只是特别夸张地摇了摇头，算是对赵老师的回复了。

赵老师回到讲台上，我也重重地坐下了。翠兰却还怔怔地站在我身边，手里攥着一块同样的橡皮，梦呓一样自言自语地说：“四块香馥馥的橡皮了……”

在课堂上从未走过神的我，这节物理课算是白听了。就在赵老师大讲物理反应时，我的内心却像在进行着剧烈的化学反应。

我肯定是流泪了。不然，翠兰怎么一边夺我手里的橡皮一边这样说：“两块橡皮我都要，四块橡皮我都要……别哭了，行不？”

她说着说着已泪流满面。

手捧圆镜，放飞自己美好的憧憬。

圆　镜

　　那是大自然的春天，也是我们人生的春天。中学毕业的那天，你送给我一个两面都可以照的小小的圆镜。我欣喜而珍重地收起时，你柔声细语地说："可放好了，很容易破碎的。"

　　当时，我就想（后来也没少想）：一个女同学送给我一个圆镜有什么含义吗？不都是女孩子爱照镜子吗？我送给她个小镜子才对的。后来，在信中我也不止一次地提起这个小圆镜，你在回信中总是那句话：放好了，很容易破碎的。

　　就这样，我怀揣着这个圆镜，踏上了坎坎坷坷的人生征程。多少个夜晚，我凝视着、凝视着圆镜，就模糊了镜中自己的面容；多少个清晨，我手捧圆镜，放飞自己美好的憧憬；多少个日日夜夜，我把圆镜梦成圆月；多少个年年月月，我把圆镜望成句号、读成空空荡荡的零……

　　也许，我们走得太近、了解得太清，一种别样的情感飞速倍增，竟然滑过"爱情"上升成"亲情"（以至在公众场合，我俩总是兄妹相称）；或许，是所谓的缘分在冥冥中作祟，你我阴差阳错地就终于建立了各自的家庭。可我永远不会忘记，参加你的婚礼后，我可能是多喝了几杯，回到自己的家中，竟鬼使神差地失手跌碎了你送给我的那个圆镜。不过还好，只碎了一面，另一面仍是湖水一样的宁静。而我的心却再无法宁静——两个镜片的夹层露出一张倩影，你侧身含笑，用右手把秀发一拢——那是我站在你身边（却在镜头之外）的一次留影，那是我亲身经历的一种场景、一种情景。我曾经给你要过那张照片，你却说等等……后来，你就送给了我这个精美的圆镜。

你在照片背后用娟秀的字体写下一首小诗：

圆　镜

似圆月又像梦境

靓靓的美美的

可就是留不住

我真切的笑容

送人最好送个圆镜

心有灵犀的人

总能臆想领悟到

伊人曾经在镜中

留下的心迹和踪影

直到这时，我才体会到梁山伯、祝英台的悲剧不是偶然的，之所以能够产生，原是因为少男少女时期的痴心和纯情！

就这样，我怀揣着这个破碎了一面的圆镜步入了风风雨雨的生活里程，沉入了永不再醒、寂苦无着的长梦。面对残缺不全的圆镜，置身云雾缭绕的人生，无奈复无奈中，我常常自语：这心境，说与谁听？

她慢慢地坐下了，眼里泛起晶莹的泪花。

对不起

挤上公共汽车，刚占了个座位坐下，就听到司机不耐烦地嚷嚷："快上来！一车人就等你了……"

循声望去，一位中学生模样的小姑娘，慢吞吞地走上车来，她的胸前挂着一枚与年龄和身高不大般配的月票。她的脸红扑扑的，嘴角动了动，欲言又止。

在全车人的注视里，她不紧不慢地走到我跟前。座位早没了，她只得站在我的身边。奇怪的是，她既不拉住上边的把手，也不扶住我背后的椅背，而是顺势倚到我的旁边（具体讲是倚在我所坐的椅背一侧），右臂搭在我的左肩一侧。我忽然警觉起来——女贼？女扒手？这时，我注意到她的双手都戴着雪白的手套，便又想，或许是嫌这公交车上太脏，她才如此站立的……

正在我围绕这女孩寻思之际，一声刹车，女孩的一只脚便重重地踩在我的一只脚上——"对不起！"女孩连声说道。我抬脸看了看她，礼貌而别扭地笑了笑，算是说"没关系"了。

谁知，我脚上的疼痛还没完全消失，又是一声刹车，这次更糟，女孩的硬底鞋不但再次重重地踩到我的脚上，她整个人也重重地压在我的肩上，一只手臂也随之插入我的怀里……我下意识地去护我的钱包，并顺手托了一下她那只尚未收回的手臂。我一下愣住了——竟然是一只"伪装"得特别像的假臂……没等她再次把"对不起"三个字说完，我已站起身（我通过观察已断定她的另一只手臂也是假的），一边轻轻地扶住她的肩膀一边轻轻地说："你快坐下吧……说对不起的应该是我……"

她慢慢地坐下了，眼里泛起晶莹的泪花。